CLÉMENTINE L'ORPHELINE

Guy NICOLLE

Clémentine l'orpheline

Éditions Baudelaire

Envois de manuscrits :
Éditions Baudelaire – 27, place Bellecour – 69002 Lyon

CHAPITRE 1

Le printemps commence à pointer le bout de son nez par une température plutôt clémente. Claude se reposait sous un cerisier au fond de son jardin, il était 15 heures. Il voulait semer de la salade et des carottes, demain il planterait des oignons et quelques pommes de terre.

Claude était veuf depuis quatre ans. Il ne pouvait plus habiter à Nantes où sa femme était décédée. Un ami fidèle, Pierre, lui avait conseillé de le rejoindre à Angoulême.

Copain de longue date, Claude était le témoin de mariage de ce dernier et il considérait l'épouse de son ami, Isabelle, comme sa sœur.

Ils n'avaient pas pu avoir d'enfants.

Pierre exerçait le métier d'avocat, et à une époque, ils avaient espéré adopter mais sans succès.

Claude avait une fille de vingt ans Lucile, très bonne élève, en quatrième année de faculté en Autriche. Elle était partie depuis septembre et son retour était prévu en juillet.

Quand Lucile rentrait à Angoulême, elle était aussi souvent chez Isabelle que chez son père.

Pierre et Isabelle habitaient la rue juste après celle de Claude qui se trouvait être la deuxième maison alors que celle de Pierre était la cinquième. En faisant le tour, cent cinquante mètres les séparaient.

C'est Pierre qui avait trouvé cette maison pour son ami. Claude, installé depuis trois ans, connaissait peu ses voisins, bien qu'il se soit présenté à tous dès son arrivée. L'accueil lui avait semblé un peu froid ! Et il se consolait en sachant que Pierre et Isabelle étaient tout près. Pour les voisins en vis-à-vis, ils avaient fait connaissance à travers le grillage, il n'avait vu que la femme et ses deux enfants. Une fillette d'environ six ans et un petit garçon de trois ans. Il n'y avait que de la pelouse chez eux et Claude n'avait jamais vu le papa.

Cet après-midi, il entendait une tondeuse chez eux et les enfants jouaient sur la pelouse. La petite fille s'approchait doucement vers Claude en traînant son petit frère.

— Bonjour, les enfants, dit Claude. Papa est en train de tondre sans doute de l'autre côté de votre maison.

— Bonjour, monsieur. Non, ce n'est pas mon père, c'est ma maman ! Mon père est porté disparu depuis longtemps.

Le ton sur lequel elle avait prononcé le mot « père » lui avait paru bizarre. Il ne voulait surtout pas faire parler la fillette. Il demanda aux enfants s'ils aimaient les gaufres.

— C'est gentil, monsieur, mais ma maman ne sera pas d'accord !

— Ne partez pas, je reviens !

Cinq minutes après, Claude revenait avec une assiette dans laquelle il avait mis trois gaufres et un petit pot de gelée de groseille, le tout emballé dans du papier-alu, qu'il posa sur la table de pique-nique sous le cerisier. Il retourna au garage chercher une petite table de bistrot et deux chaises pour les enfants.

La maman, qui avait fini de tondre devant la maison, arrivait maintenant de l'autre côté. Elle arrêta la tondeuse à trois mètres des enfants qui étaient près du grillage.

— Bonjour, monsieur, j'espère que mes enfants ne viennent pas vous ennuyer.

— Pas du tout, madame. Vos enfants sont très bien élevés et j'ai été surpris de l'âge de votre fille qui m'a dit avoir six ans. Elle parle comme une gamine de huit, dix ans. Moi j'ai une fille qui a vingt ans, et je me rappelle qu'elle aussi était en avance. J'ai demandé à Clara si elle aimait les gaufres, elle m'a répondu « maman ne sera pas d'accord ». J'ai quand même été chercher les gaufres que j'ai dans cette assiette et j'attendais de vous demander la permission de leur offrir. Nous sommes voisins et nous ne nous connaissons pas, c'est quand même dommage, vous ne croyez pas !

Lorsque je suis arrivé ici, il y a trois ans, je me suis présenté chez mes voisins des deux côtés de ma maison. Vu l'accueil que j'ai eu, je n'ai pas cherché plus loin, mais je regrette de ne pas être venu me présenter à vous. J'ai la chance d'avoir mon meilleur ami qui habite la dernière maison dans votre rue, il est avocat. Pierre et Isabelle que je connais depuis plus de trente ans, c'est d'ailleurs lui qui m'a trouvé cette maison afin que je me rapproche d'eux. Je ne pouvais pas rester dans la maison où mon épouse est décédée, il y a quatre ans à Nantes. Ce couple d'amis n'a pas d'enfants mais pour ma fille, Isabelle est une seconde mère, depuis qu'elle a cinq ans, elle a toujours passé ses vacances d'été avec eux. Ils partent toujours cinq à six semaines en Corse avec ma fille et moi je les rejoins au moins trois semaines. Ils ont une maison là-bas. Excusez-moi, je vous fais perdre votre temps avec mon bavardage.

— Ne vous excusez pas, ça fait du bien de parler un peu. Venez voir mon pommier là-bas, il doit avoir un problème, les feuilles naissantes sont déjà toutes roulées. Ce n'est pas du pommier dont j'ai besoin de vous parler mais votre ami est avocat. J'ai besoin de renseignements ! Voilà, mon mari m'a quittée il y a trois ans, trois mois avant la naissance de Victor, la veille de son départ, il m'avait giflée devant Clara qui avait trois ans. Il m'avait frappée tellement fort que je me suis évanouie, ce sont les cris de ma fille qui m'ont fait revenir à moi, depuis je n'ai plus eu de nouvelles de lui.

— Si vous avez envie de me parler, je vous invite à déjeuner avec les enfants dimanche à la maison. Nous pourrons bavarder pendant que les enfants joueront. Je pense que mon ami Pierre va se faire un plaisir de vous donner la marche à suivre, les divorces sont sa spécialité. Je suppose que sans nouvelles et sans adresse, vous n'êtes pas encore divorcée ? Acceptez mon invitation, ce sera un plaisir pour moi de vous aider. Nous ne nous sommes pas présentés, je me prénomme Claude et vous ?

— Je m'appelle Clémentine, lui dit-elle.

— Si vous le voulez bien, nous allons nous appeler par nos prénoms. Maintenant, permettez-moi d'offrir les gaufres aux enfants, ça fera leur goûter.

— Merci, Claude, mais ça me gêne pour dimanche, je n'ai pas l'habitude de me faire inviter ! Acceptez en retour que j'apporte le dessert.

— Finissez de tondre, moi je sème des carottes et des radis. Ensuite, ce soir, je vais prendre l'apéro chez Pierre, j'en profiterai pour commencer à lui parler de votre cas, afin qu'il puisse prévoir un créneau horaire pour vous recevoir en rendez-vous à son étude. Je suis certain qu'il préférera vous rencontrer chez lui. Ce sera moins stressant pour vous ! Isabelle, son épouse, est gentille et sa présence vous aidera, j'en suis sûr.

Claude passa la table qu'il avait été cherché ainsi que les deux chaises par-dessus le grillage. Il avait tout prévu pour les enfants, assiettes, petites cuillères, essuie-tout et confiture de groseilles. Clémentine installa les enfants et remercia Claude pour sa gentillesse.

CHAPITRE 2

Dimanche matin, Claude se leva de bonne heure, il adorait faire la cuisine, mais là, c'est un repas un peu spécial. Il sait qu'il est à la hauteur pour recevoir mais il est un peu stressé car il reçoit Clémentine et ses enfants. Son cœur bat la chamade ! Cette femme est très belle, grande, élancée, qui parle avec beaucoup de douceur ! Pour lui, elle est très intelligente mais a dû beaucoup souffrir. *Je pense en savoir plus cet après-midi*, se dit-il. *Il faut aussi que je regarde ce qu'il reste comme jouets dans la chambre de ma fille. Il reste bien quelques poupées et je crois que Pierre lui achetait des voitures quelquefois et rien que de découvrir ce qu'il y a dans le carton les occupera un moment.*

Midi cinq, on sonnait à la grille, Claude alla accueillir Clémentine et les enfants qu'il embrassa sur le front, tandis qu'il tendit la main à Clémentine qui lui dit :

— Puisque vous faites la bise à mes enfants, je pense y avoir droit moi aussi.

Claude fut très surpris mais heureux que Clémentine fasse le premier pas car c'était ce qu'il espérait secrètement. Claude fit d'abord visiter sa maison à ses hôtes, lorsque les enfants arrivèrent dans la chambre de Lucile, ils virent un grand carton au milieu de la pièce. Claude leur dit :

— Quand nous aurons déjeuné, vous pourrez venir ici, c'est le carton de jouets de ma fille Lucile. Il y a des poupées, des dînettes, ainsi que des petites voitures. Nous allons prendre l'apéritif avec maman, vous pouvez commencer à déballer les jouets, nous vous appellerons pour passer à table tout à l'heure.

Clara s'approcha de sa maman et dit :

— Je suis très heureuse parce que Claude m'a fait la bise, mon père, lui, ne m'a jamais embrassée et il t'a fait la bise à toi aussi et j'ai vu dans son regard qu'il était amoureux de toi.

Les adultes se sont regardés sans pouvoir répondre. C'est Clémentine qui la première dit à sa fille :

— Tu exagères, Clara, je ne sais pas ce que Claude va penser de nous !

Le couple laissa les enfants à leur carton et se dirigea vers la cuisine et là, Claude demanda :

— Est-ce que ça se voit tant que ça que je suis amoureux ?

Clémentine se mit à rire et lui dit :

— Vous savez, Claude, on dit toujours que la vérité sort toujours de la bouche des enfants.

Cela s'arrose, on va boire le champagne !

— J'espère que ce que vient de dire Clara ne vous contrarie pas.

— Pas du tout lui, répondit Clémentine, j'aimerais tellement voir le bout du tunnel. J'adore le champagne mais n'étant pas habituée à boire de l'alcool, un demi-verre me suffira.

— J'ai préparé quelques toasts au saumon, je replonge les frites dans l'huile et je découpe le poulet, j'espère qu'ils vont aimer.

— C'est un menu de fête pour mes enfants, dit Clémentine.

— Vous allez avoir beaucoup de choses à me dire, si vous le souhaitez, je peux demander à Pierre et Isabelle de venir manger le dessert avec nous vu la taille de votre gâteau, et pour vous, vous n'aurez qu'une fois à raconter vos malheurs, mais si vous souhaitez que nous restions tous les deux, je me chargerai de soumettre à Pierre l'essentiel de ce que vous m'aurez dit. Il suffirait que je passe un coup de fil, et ils viendront, ça vous permettra de faire leur connaissance. Que pensez-vous de ma proposition ?

— De toute façon, il faudra que je dise tout à votre ami alors pourquoi pas ici, cet après-midi, et votre présence me permettra d'être moins stressée.

— Je les appelle pour 14 heures, je pense que nous serons prêts pour manger le dessert.

Claude avait préparé un menu tout simple pour que les enfants se régalent, frites et poulet rôti. Clara, enchantée, remercia chaleureusement Claude pour le repas ainsi que pour les jouets qu'ils avaient découverts. Ils étaient pressés de retourner à leur jeu :

— Maman viendra nous chercher pour le dessert.

Claude et Clémentine restèrent seuls dix minutes avant l'arrivée de Pierre et Isabelle. Ils ne se dirent pas grand-chose mais restèrent à la table face à face. Ils se prirent la main et leurs regards étaient sans équivoque.

Clémentine lui dit de ne pas aller trop vite, car tant que le divorce n'était pas prononcé, il fallait rester prudent.

Claude approuva la décision de Clem, il lui dit que depuis le temps qu'il était seul, il pouvait bien attendre trois ou quatre mois. Ce qui leur arrivait était tellement merveilleux.

— J'espère que tu ressens le même bonheur que moi et cela nous permettra de mieux nous connaître.

— Tu viens de me tutoyer et cela me touche beaucoup, mais quand tes amis vont arriver, je pense que nous devrions nous vouvoyer.

À 14 heures, la sonnette retentit. Claude et Clémentine se levèrent ensemble pour accueillir leurs invités. Les présentations faites, l'avocat demanda déjà à Clémentine de l'appeler Pierre et non « maître ».

— Je viens en ami, lui dit-il, vous me permettez de vous appeler Clémentine en retour ? Je pense que mon épouse souhaite également que vous l'appeliez Isabelle, n'est-ce pas, ma chérie ?

— Non seulement je le souhaite mais je l'exige, lui répondit-elle en riant. Nous sommes entre amis ! Claude est comme mon frère, sa fille est un peu comme ma fille depuis le temps que nous l'amenons en vacances avec nous. Je voudrais être au mois de juillet pour la revoir. Elle est partie en septembre, revenue pour Noël et repartie depuis le 2 janvier. Maintenant, à vingt ans, elle va nous échapper plus souvent, aussi je suis heureuse de faire votre connaissance. Je bavarde, mais passons aux choses sérieuses.

Clémentine appelle les enfants pour le dessert. Dès son entrée, Clara alla dire bonjour à Isabelle et à Pierre, Victor la suivait, tout timide.

Les enfants furent servis en premier afin qu'ils retournent jouer pour que les adultes puissent parler librement. Ils finirent de boire le champagne sur le gâteau au citron que tout le monde avait apprécié. Clémentine a eu droit aux félicitations mais refusa de boire du champagne car elle souhaitait avoir les idées claires pour dévoiler à l'avocat tout ce qu'elle avait subi avec son mari.

— Si vous voulez bien Clémentine, vous pouvez commencer à nous parler de vos malheurs.

— Il y a huit ans, j'ai rencontré mon mari. Je suis orpheline et je crois que c'est la première chose que je lui ai dite. Tout se passait bien mais il refusait de m'emmener chez ses parents, il trouvait toujours un prétexte de dernière minute. Nous nous sommes mariés au bout d'un an. La veille du mariage, ses parents que je ne connaissais pas ont téléphoné pour lui dire que sa maman était malade et que par conséquent, ils ne pourraient pas assister à notre mariage. Nous devions partir dès le lendemain en lune de miel sur la Côte d'Azur. Le jour de la noce, il m'a annoncé que notre voyage était annulé car il fallait qu'il passe la semaine chez ses parents, sa mère le réclamait.

Je voulais partir avec lui, mais il refusa, me disant qu'il ne voulait pas que je voie sa mère malade. Je suis restée dans mon studio durant son absence. Lorsqu'il est revenu la semaine d'après, nous avons emménagé dans la maison où je suis actuellement. Dès la première année de notre mariage, il partait tous les trois mois (soi-disant) en formation à Vallauris sur la Côte d'Azur. Donc quatre semaines par an en formation, et la cinquième semaine entre Noël et le Premier de l'an, il allait la passer chez ses parents. Il refusait que je le suive car il m'a avoué que ses parents ne voulaient pas voir une orpheline à leur table. Le coup a été très dur pour moi mais j'en avais supporté beaucoup avant de le connaître. Je pensais que cela s'arrangerait. Je suis tombée enceinte au bout d'un an. Lorsque je lui ai annoncé qu'il allait être papa, j'ai pris mes premières gifles. Ma fille est née une semaine où il était en formation, j'ai pourtant accouché la semaine prévue par le gynécologue. Je lui ai demandé de ne pas partir car je ne voulais pas être seule à la maternité mais sa formation était plus importante pour lui que l'arrivée du bébé. Lors de son retour, j'étais encore à la maternité et ses paroles ont été les suivantes : « En plus, c'est une fille. » Il ne l'a jamais prise dans ses bras ou embrassée. Il continuait ses formations tous les trois mois, soi-disant pour obtenir un poste de directeur. Quand il revenait, il était toujours très agressif et trouvait des excuses pour me maltraiter. Orpheline, à qui peut-on se plaindre ou confier son malheur ? Je suis retombée enceinte quand Clara a eu deux ans et demi. Je pensais que ce serait peut-être un garçon et que ça le calmerait mais quand je lui ai dit, j'ai cru qu'il allait devenir fou, il ne fallait pas que je le garde. Je devais me faire avorter. J'ai refusé en lui faisant comprendre que ce bébé avait été conçu dans une union légitime et que nous étions mariés à l'église et que cela comptait beaucoup pour moi. Il continuait à me gifler souvent, même en présence de notre fille, qui en pleurait bien sûr. Sa réflexion était toujours : « Moi j'en connais qui battent leur femme, une gifle n'a jamais fait de mal à personne. » La semaine avant de nous quitter à son retour de formation, comme les autres fois, je devais vider sa valise et nettoyer son linge sale. Parmi les slips, j'ai découvert un string taille 38 alors que sa taille était de 48. Quand il est rentré le soir, je lui ai montré. Il m'a alors raconté une histoire, c'était un copain qui avait dû lui faire une vacherie car il prenait une chambre pour deux afin de faire des économies. Bien sûr, je ne l'ai pas cru et j'ai eu droit à mes gifles, c'était le lundi soir. Le vendredi, dans ma boîte à lettres, il y avait une enveloppe à son nom avec le tampon tricolore « République française » et c'était un PV qu'il avait eu à Périgueux le jeudi à 16 heures, or, il se trouvait soi-disant à Vallauris. Dès qu'il est rentré, je lui ai demandé ce qu'il faisait à Périgueux le jeudi de la semaine précédente. Il m'a soutenu que ce devait être une erreur et que je n'avais pas à ouvrir son courrier. Il m'a mis deux ou trois paires de gifles et je me suis évanouie, ma fille criait si fort qu'il est parti. Elle me tenait dans ses petits bras lorsque je suis revenue à moi. Je ne sais pas où il a passé la nuit mais le lendemain matin, samedi, j'ai emmené ma fille avec moi faire les courses. Quand nous sommes revenues deux heures après, j'ai trouvé une lettre sur la table où il m'annonçait son départ et que je ne le recherche pas. La première réaction de ma fille lorsque je lui ai annoncé que son père était parti et qu'il ne reviendrait pas a été de la joie. « Je suis bien contente. Il ne te battra plus. » Il avait fait sa valise et emporté tous ses vêtements. Clara avait trois ans. En début de semaine suivante, je suis allée au commissariat pour signaler sa disparition. Le brigadier qui m'a reçue s'est moqué de moi en disant que si j'avais reçu des gifles, c'est certainement que je le méritais, et du fait qu'il me laisse une preuve de son départ, ce n'est pas une disparition.

— C'est très bien, Clémentine, lui dit Pierre. Avec ce que vous venez de me dire, je pense pouvoir engager une procédure de divorce rapidement. Il faudra me fournir les documents de déclaration fiscale des trois dernières années ainsi que le maximum de renseignements sur votre mari. Nom, prénom, date de naissance, numéro de Sécurité sociale si vous l'avez, le salaire de votre mari à l'époque de son départ.

— Vous savez, dit Clémentine, je suis comptable de profession, j'ai donc toutes les déclarations de revenus depuis notre mariage puisque je lui demandais qu'il me fournisse le justificatif de ses frais de formation qui normalement étaient déductibles des revenus. Il m'avait dit que cette formation n'était pas demandée par l'employeur et que par conséquent, elle ne rentrait pas en ligne de compte. Là je savais qu'il mentait. Son salaire était de 4 000 € par mois en moyenne. Je vous joindrai même la copie du PV, j'avais pris cette précaution avant de lui remettre. Maintenant, Claude, veux-tu m'apporter un papier et un stylo que je note les renseignements à Pierre sur l'identité de mon mari. Oh, excusez-moi, Claude, je viens de vous tutoyer.

— Ce n'est pas grave, dit-il, je t'apporte ça de suite ainsi qu'un verre d'eau car je vois que tu as du mal à reprendre ton souffle.

— Vous savez, c'est très difficile et éprouvant pour moi de déballer mon passé de ces huit dernières années. Mais je me sens soulagée à présent.

— J'oubliais, dit Pierre, il me faudra aussi le nom de l'entreprise pour laquelle il travaillait à l'époque. Clémentine, croyez-moi, avec le salaire qu'il percevait, je pense qu'il vous doit une belle somme d'argent. Avec toutes ces informations, je vais appeler dès ce soir mon ami de Périgueux qui est commandant de la gendarmerie, il lui faudra moins de huit jours pour retrouver cet individu.

Isabelle se lève, s'avance vers Clémentine et lui tend les bras.

— Je veux vous embrasser, nous sommes bouleversés par votre histoire. Claude l'est autant que nous. Nous allons rentrer avec Pierre, vous avez besoin de rester tous les deux seuls un moment. Si vous voulez bien, dimanche prochain vous viendrez déjeuner à la maison, avec les enfants, bien sûr !

Claude se lève et prend lui aussi Clémentine dans ses bras.

— Je te félicite d'avoir eu ce courage.

— C'est à moi de te remercier, Claude, sans toi je n'aurais pas pu dire tout cela. Je me rends bien compte que je n'aurais pas pu faire dérouler tout ce film dans un cabinet d'avocat.

À son tour Pierre se lève et prend lui aussi Clémentine dans ses bras.

— Ce n'est pas l'avocat qui te remercie, mais l'ami. Je compte sur vous dimanche pour déjeuner. D'ici là, préparez-moi les documents dont j'aurai besoin pour le procès.

Avant de partir, Isabelle a demandé de faire la bise aux enfants. Clémentine ouvre la porte et voit les enfants qui ne jouent pas mais sont couchés sur le lit de Lucile et dorment à poings fermés.

— Laissons-les dormir, dit Isabelle, nous les embrasserons la semaine prochaine. Profitez de vous retrouver tous les deux, vous avez sûrement beaucoup de choses à vous dire.

Enfin seuls, Claude prit Clémentine dans ses bras pour lui dire combien il était bouleversé de son récit et ils s'embrassèrent longuement. Claude lui avoua que lorsqu'elle était arrivée avec les enfants à midi, il avait voulu la complimenter sur son maquillage léger qui lui allait à ravir mais Clara l'avait tellement surpris par ses propos qu'il n'avait pas pu lui dire.

— Te voir en robe m'a aussi surpris, tu es très belle !

— Oh, ne me parle pas de ma garde-robe, j'ai besoin de la changer, je n'ai que des vieilles fringues. Et au sujet de mon maquillage, Clara est venue me voir dans la salle de bains juste au moment où je mettais un peu de fond de teint. Alors elle m'a dit « tu es très belle, maman, je suis sûre que tu vas plaire à Claude, tu es peut-être déjà amoureuse de lui ». Ce n'est pas étonnant qu'elle nous ait surveillés lorsque nous nous sommes fait la bise. Ma fille me surprend beaucoup, je craignais de rencontrer quelqu'un et qu'elle le prenne mal ou ne veuille pas le voir, au contraire, c'est elle qui cherche à nous unir. Pour moi c'est une appréhension en moins. Tu dois lui plaire beaucoup, Claude, car je n'ai jamais évoqué le fait de retrouver un compagnon et je ne le souhaitais pas. Comme quoi, il ne faut jamais dire « fontaine je ne boirai pas de ton eau ».

— Clara me rend un immense service car elle te dit ce que je n'osais pas t'avouer et maintenant, si tu veux, Clémentine, je vais te parler de moi car nous ne nous connaissons pas.

CHAPITRE 3

— J'ai d'abord été boucher, puis un abattoir m'a proposé de faire de la représentation. J'avais vingt-cinq ans, mon travail était de visiter les centrales d'achats et les grandes surfaces. Je gagnais bien ma vie mais j'avais beaucoup de frais de route. À l'époque, la viande se vendait surtout en carcasse mais au fil des années, la boucherie des grandes surfaces exigeait davantage de découpes, aussi, les abattoirs se trouvaient quelquefois avec des surstocks de certains morceaux. Après le décès de ma femme, j'ai décidé de me spécialiser dans la vente de ces lots de viande. En quatre mois, j'avais visité presque tous les abattoirs de France. Le système n'existait pas, et beaucoup m'ont fait confiance. Ces stocks étaient liquidés à bas prix et il me revenait de trouver les clients. J'avais déjà de nombreuses grandes surfaces, et j'ai agrandi ma clientèle. Maintenant, je vais simplement le lundi sur la route pour garder le contact et les abattoirs qui ont des stocks m'appellent du mardi matin au vendredi matin. J'appelle un ou deux clients et dès que j'ai preneur, je recontacte l'abattoir pour qu'il livre son lot à mon client et moi je touche une commission. Depuis trois ans maintenant, tout est rodé, je ne travaille que le matin. Ce qui me permet de jardiner l'après-midi, et bientôt je pourrai cueillir des cerises pour ma voisine préférée.

Clémentine vient se pendre au cou de Claude.

— Je vais réveiller les enfants car sinon ils ne dormiront pas cette nuit.

Pendant qu'ils étaient enlacés et s'embrassaient, Clara, du bout du couloir, les regardait.

— Ah ben moi, je suis très contente, j'avais bien deviné !

Puis elle courut jusqu'à eux et ils la prirent dans leurs bras sans se lâcher.

— Je suis vraiment très contente, oh, maman, regarde Victor, il n'ose pas avancer, je crois qu'il pleure.

— Victor, dit Clémentine.

Elle le prit dans ses bras mais Clara n'avait pas lâché Claude.

Ils sont restés enlacés tous les quatre un bon moment avec chacun un enfant dans les bras.

— Les enfants, vous allez ranger les jouets et nous allons rentrer à la maison, j'ai mon amie Marie qui doit passer vers 18 heures.

— Qui est Marie ? demande Claude.

— C'est la seule personne en qui j'avais confiance jusqu'à maintenant. C'est l'institutrice de Clara, nous passons très souvent nos dimanches après-midi ensemble. Elle a trente et un ans, elle est divorcée mais n'a pas d'enfants. Nous sommes devenues de vraies amies.

— Alors appelle-la, dit Claude, qu'elle passe te chercher ici, elle doit me connaître, car j'espère aller chercher les enfants à l'école les soirs ou tu n'es pas rentrée au lieu qu'ils restent à la garderie. Et si elle ne me connaît pas, elle ne me permettra pas d'emmener les enfants. Et ensuite, elle pourra te raccompagner chez toi. Je pense que tu as beaucoup de choses à lui raconter. Avant que tu partes, nous devons échanger nos numéros de téléphone.

— Je l'appelle de suite… dit Clémentine. Elle vient à pied, elle est à cinquante mètres de chez toi, je sors l'attendre.

Marie, très surprise, n'osait pas rentrer chez Claude avec Clémentine. Elles sont restées cinq minutes dehors à discuter puis Claude est sorti et leur a dit de rentrer.

Après les présentations d'usage, Claude lui dit qu'ils devraient se connaître car il irait chercher les enfants à l'école quand Clem ne serait pas rentrée.

— Les enfants ne sont pas avec vous ?

— Si, dit Claude, je vais les chercher, ils sont dans la chambre de ma fille Lucile, je leur ai sorti un carton rempli de jouets dont elle ne se sert plus. À vingt ans, elle ne joue plus à la poupée.

Claude alla dans la chambre, les enfants avaient tout rangé et ils remercièrent Claude. Clara demanda s'il ressortirait le carton lorsqu'ils reviendraient.

— Bien sûr, leur dit-il, mais maman vous attend avec Marie.

Il prit les deux enfants à son cou. Un sur chaque bras et les amena dans la salle à manger.

— Bonjour maîtresse, dit Clara avec un sourire qui en disait long, vous savez, c'est le plus beau jour de ma vie, dit-elle, Claude est très gentil avec nous. Maman, nous avions rangé les jouets quand Claude est venu nous chercher et il a dit que lorsque nous reviendrons, il ressortirait le carton.

— Merci, Claude, pour cette belle journée passée avec toi et tes amis, je vais rentrer à la maison avec les enfants et Marie. Tu dois bien te douter que j'ai beaucoup de bonnes choses à lui raconter.

Claude embrassa les enfants et Clara lui dit :

— Tu peux embrasser maman devant la maîtresse.

Les deux femmes éclatèrent de rire et Claude prit Clémentine dans ses bras pour l'embrasser.

— Au revoir, Marie, me permettez-vous de vous appeler Marie ? Et en retour, appelez-moi Claude.

— C'est promis, au revoir, Claude, je pense que les poules ont des dents depuis aujourd'hui.

— Je t'appelle demain soir en rentrant, je t'expliquerai. Je reviens à 18 heures, dit Clémentine.

— Dans ce cas, je peux aller chercher les enfants à 16 h 30 à l'école et tu les récupéreras ici en arrivant.

— Je veux bien, alors à demain soir.

Lorsque Claude se retrouva seul, il se mit à rire car il se demandait bien ce qu'avait voulu dire Marie par « les poules auront des dents ». Il connaissait bien cette expression mais pourquoi Marie lui avait dit ça ? Il était heureux de sa journée mais se retrouver seul lui pesait un peu, aussi il décida d'aller passer un moment chez son ami Pierre.

C'est Isabelle qui lui ouvrit la porte.

— Nous t'attendions, dit-elle, Pierre est encore au téléphone avec son copain de Périgueux. Il m'a dit tout à l'heure « je suis sûr que Claude passera nous voir ce soir, il doit avoir bien des choses à nous dire ».

— J'ai découvert en même temps que vous tous les malheurs qui sont arrivés à Clémentine, je n'ai qu'un regret, c'est de ne pas avoir fait sa connaissance plus tôt. Elle a une amie, c'est l'institutrice de Clara, ça fait un peu plus de deux ans qu'elles se connaissent. Elles ont l'air de bien s'entendre. Marie devait la rejoindre à 18 heures ce soir, Clémentine lui a demandé de s'arrêter chez moi tout à l'heure afin qu'elle me connaisse, cela me permettra d'aller chercher les enfants à l'école quand elle rentre à 18 heures. Moi, je peux aller les chercher à 16 h 30 à la fin de la classe, ça lui évitera de payer la garderie. D'ailleurs je commence demain soir et Clémentine passera les prendre en revenant de son boulot.

— Je suis heureux pour toi et pour elle, dit Isabelle. Je regrette moi aussi de ne pas l'avoir connue plus tôt, nous aurions pu l'aider.

Pierre m'a promis que nous allions rattraper le temps perdu. Non seulement son divorce ne va rien lui coûter mais il m'a dit qu'elle avait beaucoup à gagner. Cette femme a énormément souffert, elle est très intelligente et comme elle est orpheline, elle n'avait personne à qui se confier mais grâce à toi, aujourd'hui, elle a vidé son sac. Il lui a fallu beaucoup de courage et elle a dit que sans ta présence elle n'aurait pas pu dire tout ce qu'elle avait à dire.

— J'ai été très surpris et très touché, cela prouve qu'elle a confiance en moi. Je me promets de ne pas la décevoir. Elle accepte même que j'aille chercher ses enfants à l'école. Si tu avais vu comme Clara était contente quand sa maman lui a dit que les soirs où elle rentrerait tard, les enfants viendraient avec moi.

Pierre venait de raccrocher le téléphone où son ami lui confirmait que d'ici deux jours, ils auraient retrouvé le mari de Clémentine.

— Mon cher ami Claude, je suis fier de toi. Cette femme est très belle et très intelligente. La bonne intuition qu'elle a eue de photocopier le PV de son mari va faire avancer la recherche. Il a été pris en excès de vitesse à 160 kilomètres-heure sur une portion limitée à 90 kilomètres-heure en début de semaine près de Périgueux. Ils ont déjà toutes ses coordonnées. Le commandant de gendarmerie va envoyer deux gars demain pour lui poser des questions sur sa vie à Angoulême. Demain, Isabelle va mettre noir sur blanc tout ce que Clémentine nous a dévoilé, elle ira ensuite la voir pour voir si elle n'a rien oublié. Dans un cas comme celui-ci, je pense que nous pouvons éviter la tentative de conciliation, le divorce pourrait être prononcé avant les grandes vacances. De toute façon, il n'a pas le choix vu les torts qui sont à son actif. Pour l'instant n'en parle pas à Clémentine, Isabelle va se charger de la tenir au courant de l'avancée du dossier au fur et à mesure du déroulement de cette affaire. Depuis le temps que je te connais, je sais qu'elle a eu raison de te faire confiance et je suis sûr que tu ne la décevras pas, par contre tant que le divorce n'est pas prononcé, soyez prudents, restez discrets. Étant célibataires tous les deux, vous n'êtes pas à trois mois près. J'en connais une qui va être heureuse quand elle apprendra ta relation. C'est Lucile !

— À ce sujet, dit Isabelle, je pense que tu préfères que ce soit moi qui lui en parle la première car souvent, elle me demande si tu as trouvé une compagne. Je sens qu'elle va être heureuse… Elle va la considérer comme sa grande sœur, vu l'âge de Clémentine.

— C'est tellement récent que je n'ai pas eu le temps de penser à ce problème mais je préfère effectivement que ce soit toi qui lui annonces, tu es sa confidente et tu sauras trouver les mots qu'il faut.

Pendant que Claude était chez ses amis, Marie et Clem discutaient des intentions de Claude. Clémentine lui raconta les détails depuis le jeudi où Claude avait offert le goûter aux enfants.

— Quand il m'a dit que son meilleur ami était avocat et mon voisin, j'ai pensé qu'il pouvait m'aider car j'ai la bonne intention de divorcer. Claude m'a alors invitée à déjeuner avec les enfants afin que je puisse lui parler de mes problèmes. En déjeunant, il m'a proposé d'inviter ses amis à prendre le dessert, ainsi je n'aurais qu'une seule fois à parler de mes soucis.

J'ai accepté car je craignais d'aller dans le bureau d'un avocat où je n'aurais pas été à l'aise pour dévoiler ma vie. Et je vais être franche avec toi, la présence de Claude m'a permis de me libérer. L'avocat et sa femme sont très sympathiques. Ils tiennent à ce que l'on s'appelle par nos prénoms, lui, c'est Pierre et elle, Isabelle. Ils n'ont pas d'enfants et m'ont proposé de garder Clara et Victor si besoin.

— Bien, dit Marie, pour Pierre et Isabelle, mais pour Claude, je trouve que tu t'emballes un peu vite non ? Il y a trois semaines, tu me disais que le jour où un homme mettrait le pied chez toi, les poules auraient des dents. Je ne veux pas te décourager mais l'an dernier pendant les vacances scolaires, je l'ai vu plusieurs fois avec une jeune fille en voiture. La semaine de Noël, j'ai même vu cette jeune fille venir le chercher chez lui, elle attendait dans la voiture pendant qu'il fermait les portes de la maison et quand il est monté dans la voiture, il l'a prise dans ses bras pour l'embrasser. Cette jeune fille qui est très belle devait être la fille de tes voisins du fond de ta rue, ceux qui ont une belle maison, ça te fait rire ce que je te dis, mais tu peux me croire.

— Tout d'abord, les voisins de ma rue qui ont cette belle maison, c'est la maison de Pierre et Isabelle et comme ils n'ont pas d'enfants, Lucile, qui est la fille de Claude, passe toutes ses vacances avec eux. Claude est veuf depuis quatre ans mais depuis l'âge de cinq ans, leur fille était très souvent chez Pierre et Isabelle car sa mère ne l'aimait pas et ne s'occupait pas d'elle alors que Claude est un papa poule. Il ne m'a pas parlé encore beaucoup de sa femme, il m'a juste dit que le jour où elle est décédée, sa fille avait seize ans et elle n'a pas dû verser une larme, elle lui a simplement dit « maintenant, papa, tu vas pouvoir être heureux, pardonne-moi si je te dis ça mais je me demande comment tu as pu supporter qu'elle te traite de cette façon pendant toutes ces années ».

— Tu dois me trouver ridicule, dit Marie, de t'avoir dit ce que je croyais être un flirt.

— Au contraire, tu as bien fait car si tu ne l'avais pas dit, je pense que tu aurais douté de Claude, sachant que tu vas le voir assez souvent pour récupérer les enfants à l'école. Tu sais, je ne crois pas beaucoup au coup de foudre mais je dois reconnaître que lui et moi allons trouver le temps long, trois ou cinq mois le temps que le divorce soit prononcé. Nous nous sommes promis d'être très prudents en attendant. Pierre m'a promis que si mon mari ne cherche pas de difficultés, ça pourrait se régler avant l'été ou au pire en septembre. Vu les charges qui vont peser contre lui, il m'a dit qu'il avait avantage à ne pas chercher à retarder l'échéance. Je pense qu'à l'école, quand Clara sera seule avec toi, elle voudra t'en parler, tu as vu la joie qu'elle avait quand Claude est allé la chercher dans la chambre de sa fille, elle t'a dit que c'était le plus beau jour de sa vie.

— Ce qui m'a fait rire, dit Marie, c'est quand Claude l'a embrassée et qu'elle lui a dit « tu peux faire la bise à maman devant la maîtresse ».

C'est bien pour toi si les enfants acceptent Claude. J'en vois tellement à l'école, des familles recomposées qui ont de mauvaises notes car ils souffrent de leurs nouvelles conditions de vie. Je suis vraiment heureuse pour toi. J'espère que tout va se passer très vite et que vous pourrez vivre ensemble avec Claude.

— Ce que j'appréhendais beaucoup, dit Clémentine, c'était la réaction de mes enfants mais je crois qu'ils l'ont accepté avant moi. Je sais que sa fille lui manque, il comprend qu'elle passe beaucoup de temps avec Isabelle car elle a souffert de ne pas être maternée et cet amour maternel, c'est Isabelle qui lui a donné. Elle suit des études de droit pour devenir avocate et je pense que Pierre y est pour quelque chose.

Il est bientôt 20 heures, Marie rentre chez elle.

Claude est resté prendre l'apéritif chez ses amis. Vers 20 h 30, il rentre chez lui en passant devant la maison de Clémentine. Il avait bien envie de sonner, mais un ange lui dit *ne t'arrête pas, si les voisins te voient, cela pourrait lui créer des ennuis*. Claude s'est contenté de regarder la maison et s'est dépêché de regagner la sienne.

CHAPITRE 4

Il avait eu une idée pour rendre visite à Clémentine discrètement. *Je lui en parlerai demain soir quand elle viendra chercher les enfants à la maison.*

Le lendemain, il alla chercher les enfants à l'école et Marie lui recommanda de bien faire attention à ses protégés. Elle ne donnait pas de devoirs à Clara cette semaine car la joie qu'elle éprouve la perturbe un peu mais c'est dans le bon sens.

— Si elle refusait votre rencontre avec la maman, je m'inquiéterais car elle est très intelligente. À la récréation cet après-midi, elle a voulu me parler. Elle souhaite que sa maman divorce vite car elle voudrait vous appeler « papa ».

Arrivés à la maison, Claude leur prépara un goûter, du pain, de la confiture et un bol de chocolat chaud, les enfants se régalèrent.

— Voulez-vous venir avec moi au jardin ? Je vais arracher des radis et ensuite je dois arroser les semis que j'ai faits la semaine dernière.

Clara portait le panier et Victor un camion-benne que Claude lui avait acheté le matin. À l'arrivée de Clémentine, ils étaient encore dans le jardin.

— Mes enfants ont-ils été sages ?

— Ils sont très faciles à garder, je leur ai donné un goûter avec un chocolat chaud et ils ont trouvé ma confiture délicieuse. Je me suis permis de faire comme je faisais avec ma fille.

— Si tu en fais trop, ils voudront bientôt t'appeler « papa ».

— Je sais, dit-il, Clara l'a dit à sa maîtresse mais j'y compte bien quand le moment sera venu. Il faut que je te montre quelque chose. Tu vois au milieu de la clôture, ils ont mis deux poteaux en ciment à un mètre de distance alors que les autres sont à deux mètres et ça entre tous les jardins. Il y a possibilité de mettre un portillon à cet endroit, cela nous permettra de passer d'un jardin à l'autre sans faire le tour par la rue et pour nous deux, ce serait plus discret.

— Pour ça, dit Clem, il faudrait que mon propriétaire soit d'accord et je sais qu'il veut vendre la maison. Il cherche un acheteur qui me gardera comme locataire.

— Là, ce n'est pas un souci, je connais quelqu'un qui souhaite acquérir cette maison. Il te laissera dedans tant que tu le voudras. Je souhaite pour ma part que dès que ton divorce sera prononcé, tu viennes habiter chez moi. Cette maison, ça fait un an qu'il a décidé de l'acheter pour l'offrir à ma fille, tu vois de qui je parle, je pense. Nous en avons parlé hier soir et il m'a dit que son plan ne changeait pas et que tu pourrais rester là en attendant. Lucile n'est pas prête à habiter seule, donc ce portillon, que je le fasse maintenant où dans cinq, six ans, il faut le faire. Et pendant quelques mois, ce sera plus facile pour se voir, il ne me manque plus que ton accord.

— Claude, j'ai le même désir que toi et ce sera plus discret et plus pratique pour les enfants mais je crains que nous ne puissions pas attendre les trois ou six mois que nous devons respecter.

— Oui, tu as raison, dit-il, mais ça, c'était avant le projet portillon, peut-être que nous aurons envie de raccourcir la quarantaine. Je vais commencer dès cette semaine. J'ai donné ton numéro de téléphone à Isabelle, elle va t'appeler pour te demander de passer la voir mercredi après-midi, elle a fait un brouillon de ton récit de dimanche et elle veut être sûre de n'avoir rien oublié avant de le mettre au propre.

— Merci, Claude, pour tout ce que tu as fait pour moi et merci pour la botte de radis, nous allons nous régaler, dit-elle en partant.

Le mardi et le jeudi, c'est Clémentine qui allait chercher les enfants à l'école mais Clara et Victor souhaitaient faire la bise à Claude en passant devant la maison. Ce qui ne déplaisait pas à leur maman, et le lundi et le vendredi, c'est Claude qui prenait le relais donc ils se voyaient tous les jours.

Ce jeudi soir, elle fit part à Claude de son entretien avec Isabelle. Celle-ci avait emmené les enfants dans la chambre de Lucile et leur avait sorti le carton de jouets. Clara était très surprise que la fille de Claude ait deux chambres et un carton de jouets dans chacune d'elles. Isabelle lui expliqua que Lucile était comme leur fille et que Pierre était son parrain, c'est pour ça qu'elle avait beaucoup de jouets ici aussi.

Clémentine demanda à Claude s'il serait disponible le samedi après-midi car elle voulait lui parler d'elle.

— Je veux te parler de mes années entre seize et vingt-six ans. Les années avant, je ne sais pas si je suis prête pour en parler. J'ai vécu un calvaire pendant seize ans. Je suis sûre que je pourrai te le confier un jour.

— Je pourrai tout entendre Clémentine, je suis bien décidé à te rendre heureuse, je pense que plus tu me parleras de tes malheurs et plus tu te sentiras libérée et soulagée. Et pour les périodes compliquées, tu peux te confier à Isabelle. Elle t'aidera.

— Oui, elle me l'a dit mercredi après-midi. Pierre est arrivé au moment où je partais, il m'a embrassée et m'a dit que je faisais partie de la famille. J'aurais aimé avoir des parents comme eux. Encore une fois, c'est toi que je dois remercier car nous ne les aurions pas connus sans toi. Il m'a rappelé que nous étions invités à déjeuner dimanche et que je devrais lui accorder un quart d'heure car il m'a dit que son enquête était en bonne voie et que je serais surprise.

Dès 14 heures le samedi, Claude pouvait venir par le portillon qu'il avait terminé le matin même pour passer l'après-midi avec Clémentine.

Elle lui ouvrit la porte et ils s'installèrent dans le salon après avoir embrassé les enfants, elle leur dit de retourner jouer dans leur chambre.

CHAPITRE 5

— À seize ans pour des raisons qui n'étaient plus supportables, je me suis sauvée de la ferme où j'avais été placée trois ans plus tôt par l'assistante sociale. Je suis allée me réfugier chez les sœurs que je connaissais un peu car elles venaient quelquefois chercher des œufs. Bien sûr, elles ont d'abord voulu que je retourne à la ferme mais quand je leur ai confié les raisons pour lesquelles je m'étais enfuie, elles décidèrent de me protéger. Elles ont appelé l'assistante sociale qui est venue et pour la première fois, elle a accepté de m'écouter en présence de la mère supérieure, au bout d'un quart d'heure, la religieuse a convoqué une sœur et lui a dit : « Emmène Clémentine avec toi, je suis sûre qu'elle va t'aider. » Une heure plus tard, alors que je faisais de la couture avec la sœur qui m'avait récupérée, l'assistante sociale et la mère supérieure sont entrées dans la pièce. « Tiens, tu sais faire de la couture », lui dit l'assistante. « Oui, c'est les seuls moments de repos que j'avais quand j'étais à la ferme. »

« Si tu acceptes de rester quelques jours avec nous, le temps que je règle un problème, je vais te trouver une maison où il n'y aura pas d'homme et tu seras en quelque sorte une garde-malade. Ici, il y a une sœur infirmière, c'est elle qui continuera à faire la piqûre à la dame et toi, ton rôle sera de tenir la maison et de préparer vos repas. Cette personne a soixante-dix ans et était professeur de mathématiques. » « Oh merci, ma mère, dis-je, moi qui adore la comptabilité, je ferai le maximum pour l'aider. » « Au revoir, me dit l'assistante sociale, je vais résoudre le problème avec les gens chez qui tu étais, je regrette de ne pas t'avoir écoutée lorsque je suis venue il y a deux mois à la ferme. »

Deux jours plus tard, la mère supérieure me conduisait elle-même chez Mme Germain avec qui je suis restée deux ans, il m'arrive encore de la pleurer. Avec elle, ce n'était que du bonheur. Je m'occupais de la maison, du linge et de la cuisine, en échange, elle me donnait des cours de comptabilité. J'allais aussi faire les courses. Je n'avais pas de salaire mais c'est elle qui m'achetait tout ce dont j'avais besoin. Elle a commencé par m'acheter des vêtements en me disant que nous allions mettre les miens à la poubelle. « Je pense qu'il n'y a aucun vêtement de cette ferme que tu regretteras ! »

Mes nouveaux habits étaient tellement beaux que je ne me reconnaissais pas. Elle avait même tenu à m'acheter des produits de maquillage et me conseillait pour les utiliser car bien sûr, je n'avais jamais eu le droit d'en mettre. Elle m'avait offert un ensemble veste et pantalon qui avait appartenu à sa fille et un superbe manteau. « Ma fille ne pourra plus les mettre, elle a pris quinze kilos depuis qu'elle a eu son enfant et quand elle viendra, je suis sûre qu'elle sera enchantée que je te les donne car ils sont comme neufs. Elle vient ici avec le gamin une fois par mois. »

Tous les dimanches matin, j'allais à la boulangerie et cette dernière me donnait deux gâteaux, un qui était dans la réserve pour Mme Germain et le mien que je devais choisir dans la vitrine. Je prenais toujours une tarte au citron. Mme Germain suivait un régime car elle avait du diabète et le pâtissier lui faisait un gâteau moins sucré. Nous nous entendions très bien et elle était surprise de voir les progrès que je faisais en comptabilité. Elle s'était procuré des cours afin que je suive un programme pour obtenir un brevet au bout de deux ans. Cela faisait bientôt un an que j'étais avec elle.

Sa fille était là ce dimanche matin avec son gamin de cinq ans, et elle me dit que c'est elle qui se rendrait à la boulangerie chercher le pain.

Elle revint avec un superbe gâteau d'anniversaire, à dix-sept ans, c'était la première fois qu'on m'offrait quelque chose. J'ai eu aussi une très belle robe. Depuis mon arrivée chez elle, Mme Germain m'avait demandé de l'appeler « mamie » et ça me plaisait bien à moi aussi.

Nathalie, la boulangère, venait tous les mardis après-midi pour passer un moment avec mamie, c'était leur jour de fermeture. Donc ce mardi, elle demande à mamie si je pouvais venir l'aider le dimanche au magasin. Elle lui dit que je reviendrais pour le déjeuner car elle avait beaucoup de monde le dimanche matin et « Clémentine pourrait tenir la caisse. Nous serions deux à servir et elle à la caisse », « Serais-tu d'accord ? », « Oh oui mamie, mais si vous avez besoin de moi, je ne serai pas là », « Ne t'inquiète pas, me dit-elle, je peux rester une journée toute seule. »

Donc dès le dimanche suivant j'y allais de 8 heures à 12 heures et de 15 heures à 18 heures. La boulangère était très généreuse, elle me disait « les extras, ça se paie ». Je n'avais pas à me plaindre car mamie me donnait suffisamment d'argent de poche.

Jusqu'à mes dix-huit ans, j'ai vécu le bonheur avec mamie. Pour mes dix-huit ans, j'ai encore eu plein de cadeaux, de mamie, de sa fille et même de Nathalie qui m'avait offert un lot de très beaux sous-vêtements.

Quelques jours après, mamie est tombée malade. La sœur venait tous les jours, et moi je n'allais plus à la boulangerie travailler. Le 15 juin j'ai passé le brevet que j'ai obtenu et le mardi suivant, la boulangère qui venait toujours visiter mamie régulièrement m'a demandé de la raccompagner. « Il faut que je te demande si tu accepterais en attendant de trouver un travail de comptable de venir travailler comme vendeuse dans mon magasin. Je te prendrais à temps complet, nous avons une chambre de disponible donc tu serais logée et tu auras ton salaire. » « Merci, Nathalie, je me demandais bien ce que j'allais devenir, le médecin nous a dit tout à l'heure qu'elle ne tiendrait pas plus d'un mois et je ne veux pas rester seule dans cette grande maison. Sa fille va certainement la vendre après le décès de mamie. Tu sais, quand je suis arrivée chez elle, mes vêtements tenaient dans un sac à dos. Elle a voulu que je jette tout à la poubelle, et elle m'a habillée des pieds à la tête. Il me faudra de grandes valises pour déménager », « Ne t'inquiète pas, lui dit-elle, il y a une grande armoire dans ta future chambre. »

Deux semaines plus tard, la mamie fermait les yeux, sa fille était arrivée deux jours avant. J'ai pleuré pendant trois jours, j'étais inconsolable, sa fille et Nathalie m'ont beaucoup soutenue, c'était une terrible épreuve pour moi, mamie était la deuxième personne qui me chérissait et que je perdais. Après l'enterrement, sa fille m'a dit que je pouvais rester à la maison le temps que je voulais. Elle allait la mettre en vente mais cela prendrait peut-être un an avant de trouver un acquéreur. Nathalie lui a dit « je l'emmène chez moi, nous avons besoin d'une vendeuse et j'ai une chambre de libre. Je commence à bien la connaître, elle ne peut pas rester seule dans un moment pareil ».

Dès la semaine suivante, j'ai embauché chez Nathalie. Avant de partir, je suis restée trois jours chez mamie avec sa fille qui remontait, elle, à Paris. Son mari qui était militaire n'avait pas pu venir car il était en déplacement en Afrique. « J'ai quelque chose pour toi, depuis deux ans que tu travaillais pour mamie, elle a laissé cette enveloppe pour toi. » En l'ouvrant, j'ai découvert un chéquier, une carte bancaire, et un relevé de compte, le tout à mon nom. Il y avait la somme de cinquante mille francs. Il y avait aussi une lettre de mamie. Dès qu'elle a su qu'èlle était malade, elle avait fait venir son conseiller bancaire et avant qu'il parte elle m'avait fait signer un document en m'expliquant que cela servirait en temps voulu. J'ai dit à sa fille que je ne méritais pas une telle somme, qu'elle avait dû faire une erreur… « Mais non, me dit-elle, maman m'a tout raconté, elle me disait que tu lui donnais tellement de bonheur que tu méritais bien ça. Tu sais, grâce à toi, je ne reconnaissais pas maman quand je venais passer deux jours avec elle. »

Après quelques mois passés à la boulangerie, la comptable qui venait un mardi par mois a demandé à Nathalie si je pouvais être là le mois suivant. « Ce nom me dit quelque chose, lui dit-elle. Clémentine travaille chez vous depuis quatre mois. J'ai eu en stage une Clémentine qui a obtenu son brevet en comptabilité en juin, c'est une prof de maths à la retraite qui l'hébergeait et au lieu de faire quinze jours de stage consécutifs, elle les faisait une journée par semaine pendant quinze semaines. » « Je vais vous la chercher maintenant, dit Nathalie, elle est dans sa chambre. » Dix minutes plus tard, je rentrais dans le bureau avec ma patronne.

« C'est bien la Clémentine que je connais, dit la comptable. Je te félicite pour avoir obtenu ton diplôme car suivre des cours par correspondance n'est pas facile. » « Dès le décès de la mamie chez qui je vivais, je suis venue travailler chez Nathalie. Je ne pensais pas que j'aurais le courage de la quitter car nous nous entendions bien toutes les deux. »

« Je n'ai pas l'intention de t'amener hors de la boulangerie mais Nathalie me donne ses comptes un peu en vrac tous les mois. Si elle est d'accord, tu pourrais me dégrossir le travail en mettant un peu d'ordre. Qu'en penses-tu, Nathalie ? » « Je suis d'accord, en plus cela me permettrait de ne pas perdre le fil de ce que j'ai appris. »

« Bien, dit la comptable, en cinq minutes je t'expliquerai ce que tu peux faire pour m'aider, tu as déjà appris ça avec moi lors de ton stage mais pas sur le terrain. »

Dix minutes plus tard, nous prenions le thé avec des petits fours.

Deux ans plus tard, je venais de fêter mes vingt ans. Monique, la comptable, tenait à ce que je l'appelle par son prénom. Elle me demanda si je voulais rentrer dans son entreprise car elle cherchait une stagiaire. J'étais très gênée de quitter Nathalie, je lui demandai si elle en avait parlé à ma patronne. « Pas encore, dit-elle, nous allons lui en parler ensemble. »

J'allai chercher Nathalie et lui annonçai la nouvelle avant de rentrer au bureau. Lorsqu'elle fut mise au courant par Monique,

Nathalie lui dit : « Je considère Clémentine comme ma sœur, c'est pourquoi je vais accepter car son avenir pourra être meilleur que de rester vendeuse. Alors je suis d'accord à condition de ne pas perdre ma meilleure amie et si au bout de la formation de six mois, ça ne marche pas, elle pourra reprendre sa place au magasin. De toute façon, j'espère que tu vas garder ta chambre ici. »

« C'est moi, dit Monique, qui fais la formation au stagiaire, j'attendrai de débuter lorsque tu auras trouvé une remplaçante. »

Ma formation s'est très bien passée, le samedi et le dimanche, je servais au magasin car Nathalie refusait que je lui paie la chambre et ma pension.

Monique m'a accompagnée au bureau du patron afin de transformer mon contrat de formation en CDI. Puis elle m'a montré mon futur bureau et m'a aidée à m'installer.

« J'ai oublié de vous informer, dit le patron, qu'il y a un studio de disponible que je réserve pour mes employés. Occupez-vous-en, Monique. »

Sur-le-champ, elle me conduisit au studio qui se situait à cent mètres des bureaux.

Je suis restée encore deux mois dans ma chambre chez Nathalie, et elle a enfin accepté que j'aille habiter dans mon studio. J'ai quand même continué à venir les aider le samedi et le dimanche pendant cinq ans jusqu'à ma rencontre avec Christian, qui est devenu mon mari de malheur. Claude, je t'ai saoulé avec mes aventures, j'ai encore un passage de ma vie à te raconter mais une autre fois et ce sera très court.

— Viens dans mes bras, lui dit-il.

Ils s'installèrent sur le canapé et s'enlacèrent avec beaucoup d'amour.

Clara qui arrivait sans bruit les surprit :

— J'aime bien quand vous vous embrassez, leur dit-elle, mais moi aussi je veux des bisous.

Ils la prirent dans leurs bras et Victor qui arrivait à son tour leur dit :
— Moi je veux que Claude soit mon papa.

Claude le prit sur ses genoux et lui dit :
— Bientôt je serai ton papa.

Pendant que Clémentine leur préparait leur goûter, les enfants étaient restés avec Claude sur le canapé et Clara lui dit :
— Moi aussi je serais contente de t'appeler papa.
— Ce sera le plus beau cadeau que vous puissiez me faire mais il faut attendre encore deux mois.
— Les enfants, venez goûter, demain nous allons déjeuner chez Pierre et Isabelle.
— Moi, dit Clara, je leur dirai « bonjour papy, bonjour mamie ». C'est Isabelle qui me l'a dit mercredi et que Pierre serait content lui aussi.

CHAPITRE 6

Le dimanche matin, les enfants s'étaient réveillés de bonne heure et comme tous les dimanches, ils sont venus retrouver leur maman dans son lit. C'était le seul matin de la semaine où ils avaient ce privilège. Ils étaient très excités, surtout Clara.

— Voyons, les enfants, calmez-vous, il va falloir être bien sages aujourd'hui chez Pierre et Isabelle.

— À l'école, mes copines disent qu'elles vont déjeuner chez papy et mamie ou bien qu'elles partent en vacances chez eux et moi je ne pouvais pas le dire jusqu'à présent. Mais maintenant ce sera possible. Il va falloir qu'on se lève, maman, parce que Claude va venir nous chercher et il ne faut pas être en retard.

— Les enfants, soyez gentils, on peut rester au lit encore un quart d'heure, il n'est pas 8 heures et les autres dimanches vous vouliez que je reste au lit jusqu'à 9 heures. Si ça continue, bientôt, il n'y en aura plus que pour papy et mamie.

— Et Claude, rajouta Clara, mais toi tu es notre maman chérie et on te fera toujours de gros câlins.

— Moi j'aime que ma maman, dit Victor.

— Tu aimes aussi un peu Claude, lui dit Clara.

— Oui, un peu parce qu'il m'a acheté un beau camion.

— Et papy et mamie, tu ne les aimes pas ?

— Je ne sais pas, dit-il, j'ai un peu peur quand je suis dans leur maison.

— Là tu exagères, dit Clara, t'as vu mercredi, Isabelle, enfin mamie, elle t'a trouvé plein de petites voitures dans le carton de Lucile et elle t'a dit que tu pouvais jouer avec.

Vers 10 heures, Claude appelle Clémentine au téléphone.

— Je pense que les enfants tournent en rond ce matin aussi.

— Ils peuvent venir passer un moment chez moi si tu veux, je vais les chercher au portillon.

— Je te les amène, Clara ne cesse de regarder l'heure toutes les dix minutes, elle a peur que nous soyons en retard quand tu passeras nous chercher.

Claude ouvrit le portillon et les enfants arrivèrent en courant pour lui faire la bise, Clémentine les suivait.

— Tu avais peur qu'ils ne trouvent pas le chemin, dit-il en riant et il la prit dans ses bras pour l'embrasser.

— Non, c'était pour être dans tes bras, je ne peux plus me passer de toi.

— Nous en sommes au même niveau, ma chérie et j'ai hâte d'être à dans quelques semaines. Je te les ramène à 11 h 30. Nous partirons tous ensemble à midi.

— À tout à l'heure, ils n'auront plus qu'à changer de vêtements et ils seront vite prêts.

À midi, chez Pierre et Isabelle, Clara entra la première, elle dit très fort « bonjour mamie, bonjour papy » en allant les embrasser. Victor un peu moins hardi en fit autant. Lorsque Clémentine embrassa Pierre, elle s'aperçut qu'une larme coulait sur sa joue, même réaction pour Isabelle.

— Nous ne nous y attendions pas du tout de Victor, c'est la grande surprise.

— Clara a une telle influence sur son frère que quelquefois je me demande s'il n'écoute pas mieux sa sœur que moi.

— Allons au salon, dit Pierre, on a une petite surprise pour vous. Pour Victor un beau camion remorque transport de voitures avec huit voitures dessus et un beau livre pour Clara. Isabelle lui avait demandé si elle préférait un livre ou une poupée.

Pour Victor, ses yeux n'étaient pas assez grands et il alla demander à Pierre :

— C'est vrai que c'est pour moi ? Je suis bien content d'avoir un papy.

— Le plus beau cadeau aujourd'hui c'est nous qui le recevons, dit Pierre. S'il y a un mois, Claude nous avait dit que dans deux semaines vous auriez deux petits enfants qui vous appelleraient papy et mamie, je lui aurais lancé un seau d'eau à la figure.

— Tu vois, Pierre, il y a un mois, je n'étais pas au courant moi non plus, même si depuis quelques mois j'avais les yeux braqués vers la maison de ma voisine, les rares fois où je l'avais vue, je la trouvais très belle mais trop discrète. Clara m'a bien aidé.

— Bon, allez, dit Pierre, on arrose ça !

Ils prirent l'apéritif au salon, champagne et petits fours, car il voulait arroser toutes ces bonnes nouvelles qu'il avait à annoncer à Clémentine au sujet de son divorce.

— Tout d'abord, nous avons retrouvé ton mari car jusqu'au divorce, il est encore ton mari. Nous savons où il habite, avec qui et le nombre d'enfants qu'il a eus avec cette femme.

— Vous avez dû faire une erreur, ce n'est pas possible ! Et combien il aurait d'enfants ?

— Cinq en tout, deux avec toi et trois avec l'autre. Mais rassure-toi, il ne veut pas entendre parler de vous, c'est un abandon total. Les enfants de l'autre femme, un garçon de six ans, une fille qui va avoir trois ans et un garçon d'un an.

— Je comprends maintenant pourquoi il voulait que je fasse une IVG quand il a appris que j'étais enceinte de Victor. L'autre était elle aussi enceinte; je pensais qu'il y avait des lois qui punissaient ce genre de comportement.

— Cela peut aller jusqu'à la prison mais c'est surtout des amendes très lourdes qui vont lui tomber dessus. Déjà, je pense te dire que je l'ai convoqué à mon étude mardi prochain, je l'ai eu au téléphone, je lui ai donné quelques détails sur son comportement avec toi, il les a reconnus et m'a dit qu'il avait fait bien pire que les reproches que je lui annonçais. Il ne veut pas prendre un autre avocat car il s'est renseigné, il y a quelques mois et on lui a dit que le divorce pourrait durer deux ans s'il y avait deux avocats, je lui ai dit que je serais intransigeant et que la loi serait respectée. Je lui ai annoncé que tous les torts lui seraient attribués mais il m'a dit qu'il le savait déjà. Dès vendredi après-midi, j'ai rencontré le juge aux affaires conjugales, il va faire son possible pour trouver un créneau dans la deuxième quinzaine de juin, même avant s'il le peut. Voilà où j'en suis ma chère.

Clémentine venait de se réfugier dans les bras de Claude pour pleurer.

— Mais comment ai-je pu être aussi sotte pendant toutes ses années où il me giflait, je me sentais coupable, je le méritais sûrement, pendant toute ma jeunesse jusqu'à mes seize ans, je n'avais jamais vécu que dans des familles d'accueil où ça se passait bien, les trois familles où j'ai vécu c'était toujours pareil, le mari rentrait souvent saoul et il battait sa femme. J'ai attendu d'avoir vingt-six ans pour me marier et j'ai subi le même traitement que quand j'étais enfant.

— On ouvre cette bouteille de champagne et on passe à autre chose.

Lorsque Claude desserra son étreinte, Isabelle vint embrasser Clémentine.

— Le cauchemar est derrière toi, je suis sûre qu'avec Claude tu seras en sécurité et tu as au moins la chance que les enfants l'ont accepté.

— C'était aussi pour cette raison que je ne voulais pas refaire ma vie. Marie qui a beaucoup d'élèves de familles recomposées m'a dit la même chose dimanche dernier. Pas mal d'enfants changent de comportement et souvent en négatif.

Le repas se déroula très familialement. Isabelle s'occupa de Clara et Clémentine de Victor qui ne se séparait pas de sa maman et de sa sœur.

Pendant que les femmes rangeaient la vaisselle, les hommes buvaient un cognac.

Les enfants partirent jouer dans la chambre de Lucile.

— Venez prendre votre cognac au salon, dit Isabelle, nous n'allons pas faire bande à part.

— On arrive, dit Pierre, prends ton verre, Claude, je dois encore parler à Clémentine, je te promets de ne pas la faire pleurer cette fois.

— Ne t'inquiète pas, je serai là pour la consoler.

— Clémentine, je vais t'expliquer le déroulement des opérations. Je vois ton mari mardi, toi de ton côté, Isabelle te conduira à l'étude un après-midi cette fin de semaine. Dès que le juge me donnera la date du divorce, je la communique à ton mari, pour qu'il passe signer les documents à l'étude. Une semaine ou deux avant la date prévue, je te préviendrai toi aussi, bien sûr. Tu ne seras pas obligée d'assister au procès. Je n'y tiens pas vu ta sensibilité. Tu as assez souffert comme ça, inutile d'en rajouter. Pour l'instant, ton mari m'a demandé de lui éviter la prison et il prévoit de te donner une belle somme d'argent. C'est dans ce sens que je vais diriger le divorce. Mardi, Isabelle m'assistera pour enregistrer ce qu'il a à nous dire. Apparemment, il a besoin de vider son sac, il reconnaît ses fautes et il a besoin de se libérer.

— Je suis contente, dit Clémentine, de ne pas être obligée d'aller au tribunal, je n'aurais aucune satisfaction qu'il aille en prison, je préfère qu'il me paie ce qu'il me doit. Lorsque tout sera terminé, je retournerai voir le propriétaire de la maison pour lui dire qu'il peut me refaire le bail au tarif normal. Ils ont été si gentils de me baisser mon loyer.

— Ne te fatigue pas, dit Pierre, je m'en occupe. Je suis allé voir ton propriétaire il y a deux ans pour acheter cette maison pour ma filleule, il m'a dit qu'il était vendeur mais pas pour l'instant car il ne voulait pas que le nouveau propriétaire augmente le loyer ou mette la locataire à la porte. Pour des raisons personnelles, nous avons décidé avec ma femme de faire un bail à loyer modéré et qu'il ne pouvait m'en dire plus. Si je suis le nouvel acquéreur, je pense que tu auras quitté cette maison avant que Lucile ne vienne y habiter. Elle a encore au moins quatre ans d'études si tout se passe bien, donc tu seras certainement de l'autre côté du portillon. D'ailleurs, j'avais oublié de te féliciter, Claude, pour cette idée géniale que tu as eue, mais n'avais-tu pas une petite idée derrière la tête quand tu l'as fait ?

— C'est pour les enfants, dit Claude en riant, ils peuvent aller de chez Clémentine à chez moi et repartir sans faire le tour par la route.

— Maintenant que je sais que le divorce sera prononcé avant les vacances, peux-tu me dire quand tu prends des vacances, Clémentine ?

— Je prends trois semaines après le 14 juillet.

— En voilà une date qui me plaît, dit-il. Nous, Isabelle et Lucile nous partons en Corse le 7 juillet, Claude peut prendre ses congés quand il veut. Alors Clémentine, j'espère que tu acceptes que je t'offre trois semaines de vacances avec Claude et nous. La maison est assez grande et je suis sûre que Lucile sera heureuse de passer trois semaines avec toi et les enfants pour faire connaissance.

— Je ne peux pas accepter, Pierre, je ne suis jamais partie en vacances.

— C'est la raison pour laquelle je tiens à t'offrir tes premières vacances, et en plus, si vous aviez envie de faire quelques sorties tous les deux, je suis sûre que Lucile sera ravie de garder tes enfants. Elle a déjà dit à Isabelle qu'elle était heureuse d'avoir une petite sœur et un petit frère.

— Je pense, dit Isabelle, qu'elle avancera son retour d'une semaine car elle passe son concours entre le 20 et le 22 juin. Trois jours après, elle aura les résultats mais la semaine qu'elle devait passer chez une amie est annulée, elle préfère rentrer pour faire la connaissance de Clémentine et des enfants. Si tout va bien, elle sera là le 25 juin. Parle-moi de ton travail maintenant, dit Isabelle.

CHAPITRE 7

— Je suis expert-comptable, j'ai reçu un brevet de comptabilité grâce à une mamie chez qui j'ai vécu deux ans. Elle était partiellement invalide et était retraitée de l'Éducation nationale, ancienne prof de mathématiques. Elle m'a fait suivre des cours par correspondance et j'ai obtenu mon diplôme deux mois avant qu'elle ne décède. J'ai ensuite travaillé à la boulangerie avant de rentrer dans le cabinet comptable où je suis actuellement. La comptable qui venait une fois par mois à la boulangerie m'a reconnue car j'avais fait mes journées de formation sur le terrain dans son entreprise et c'est elle qui était responsable des stagiaires. Elle avait accepté que je passe ma formation non pas trois semaines d'affilée mais un jour toutes les quinzaines pendant huit mois car je ne pouvais pas quitter la mamie durant trois semaines. Deux ans après, elle me proposait de rentrer comme stagiaire en vue d'un poste à temps complet après une formation de six mois. Je ne voulais pas quitter mon amie Nathalie car nous étions comme deux sœurs, j'avais ma chambre chez elle et c'est elle qui m'a dit de ne pas refuser car j'avais un plus bel avenir dans la comptabilité que dans la boulangerie, en échange, je lui ai promis de continuer à les aider le samedi et le dimanche.

Au bout des six mois, Monique, qui était mon maître de stage, m'a conduite chez notre patron pour qu'il me fasse un contrat en CDI. Pendant cinq ans, ce n'était que du bonheur pour moi. Lorsque j'ai connu Christian, j'ai pris le studio que mon patron mettait à ma disposition à titre gratuit, nous n'avions que les charges à payer.

J'avais promis à Christian que dès que nous serions mariés, je n'irais plus travailler le samedi et le dimanche matin chez Nathalie.

Lorsque nous nous sommes mariés, les seuls invités de mon côté étaient Monique avec qui j'avais de très bonnes relations professionnelles et bien sûr Nathalie et son mari Robert, mes très chers amis.

Quinze jours après mon mariage, ils partaient en vacances en Espagne. À leur retour, leur voiture a été prise en tenaille entre deux poids lourds. Ils ont été tués tous les deux. Ils n'avaient pas encore d'enfant mais Nathalie était enceinte de trois mois. Ce coup a été terrible pour moi, surtout que Christian était indifférent à ma peine. C'est pendant cette mauvaise période que je suis tombée enceinte de Clara et que les gifles ont commencé. C'est Monique, ma cheffe, qui m'a aidée à surmonter ce deuil. J'étais devenue son amie, elle m'invitait souvent chez elle le dimanche après-midi, mon mari n'étant jamais là. Nous prenions le thé ou nous allions marcher si le temps le permettait. Monique a une fille en Corse qui a mon âge, elles se retrouvent deux fois par an. En été, c'est Monique qui allait passer trois semaines en Corse et en fin d'année sa fille et son gendre venaient passer deux semaines avec elle.

J'aurais dû l'écouter à ce moment-là car elle me disait que je ne pouvais pas rester avec ce type, il fallait que je demande le divorce.

À la naissance de ma fille, c'est elle qui s'est occupée de moi puisque mon mari ne voulait pas la voir. Et puis je ne disais pas tout à Monique, j'avais trop honte. Trois ans plus tard, j'ai donc accouché de Victor et elle s'est encore une fois bien occupée de moi. Elle savait que mon mari était parti, elle a gardé Clara quinze jours chez elle et a même retardé son départ en Corse car sa fille attendait son deuxième enfant qui est venu au monde deux mois après Victor.

Quand j'ai accouché, elle était en retraite depuis un mois. Déjà, elle avait travaillé un an de plus pour me préparer à la remplacer.

Je me trouve donc depuis trois ans responsable des cinq comptables qui travaillent avec moi. Le patron avait tenu à ce que ce soit moi qui la remplace car il m'a dit « Monique sait que vous êtes la seule capable de tenir ce poste ».

Je pense que c'est le travail qui m'a permis de tenir, d'autant que j'ai quand même un bon salaire qui me permet de vivre correctement. Voilà, vous n'en saurez pas plus pour aujourd'hui. Je pense que je vous ai saoulés avec mes histoires.

— Non, dit Isabelle, c'est bien que tu aies le courage de nous parler de toi, je suis sûr que cela te soulage et que cela va t'aider à penser au futur. Tu vas échanger un tyran qui n'aimait pas ses enfants contre un papa poule. Lorsque Lucile arrivera, tu seras surprise de voir comment elle parle à son père, c'est toujours « mon papa chéri ».

— Bon, dit Pierre, on va avoir une semaine chargée alors ne parlons plus boulot mais plutôt vacances. J'aimerais t'entendre me dire oui pour la Corse, Clémentine.

— Je lis dans le regard de Claude que je n'ai pas le droit de dire non, dit-elle. Mais je dois vous avouer que je suis un peu dépassée par les événements. La semaine dernière, je suis rentrée un soir, ma pelouse était tondue.

— Ah voilà, dit Pierre, à quoi sert le portillon, d'abord aux enfants, ensuite à la pelouse… On dit « jamais deux sans trois », je me demande à quoi il pourrait servir ? Enfin j'ai ma petite idée… dit-il en riant.

— Moi je sais à quoi il va me servir, dit Clémentine, quand les cerises de mon voisin seront mûres, je pourrai en manger directement sous l'arbre, ce qui déclencha un rire collectif, tous heureux d'avoir passé un agréable dimanche ensemble et de mieux connaître Clémentine.

Il était maintenant temps de rentrer pour Claude et Clem avec les enfants qui n'ont pas oublié de dire « au revoir, papy et mamie », ce qui enchantait Pierre et Isabelle. Les adultes se dirent au revoir et Pierre dit à Clémentine en l'embrassant :

— J'ai bien aimé ta réplique au sujet du portillon et des cerises.

— Merci à vous pour tout ce que vous faites pour moi et les enfants.

En arrivant chez Clémentine, Clara demanda à Claude de rester un moment avec eux.

— Tu vas t'ennuyer seul chez toi alors reste un peu avec maman, moi je voudrais que tu restes pour toujours avec nous.

— Bientôt nous pourrons rester tous les quatre ensemble !

Quand Claude fut seul avec Clem, il lui dit :

— Tu crois que je pourrai passer par le portillon ce soir ?

— Bien sûr, lui dit-elle, je ne peux plus attendre, c'est ridicule de se refuser le bonheur que nous pouvons nous donner. Les enfants s'endorment vers 21 heures. Dès qu'ils seront endormis, je te laisserai un message et j'irai ouvrir la porte du jardin. Tu rentreras sans bruit, je serai dans la salle de bains.

Ils s'enlacèrent un long moment sur le canapé en se disant que cette nuit allait sceller leur union. Une demi-heure plus tard, Claude allait embrasser les enfants en leur souhaitant une bonne nuit :

— Demain c'est moi qui viens vous chercher à l'école.

— Oui papa, lui répondit Clara en riant.

Claude repartit chez lui par le portillon, il savait que cela prendrait environ 1 h 30 avant l'appel de sa bien-aimée.

À 21 heures précises, il entendit le déclic de son téléphone portable qui lui annonçait le message, il lut le SMS qui lui disait *viens vite, je suis impatiente de te serrer dans mes bras*. Le temps de fermer sa porte, deux minutes plus tard, il était chez Clem. Par la porte de derrière, elle se trouvait dans un déshabillé vaporeux qui voilait peu ses sous-vêtements excitants. Ils allèrent directement dans la chambre ou Clémentine aida Claude à se dévêtir puis ils se mirent au lit. Clémentine avait gardé son soutien-gorge et sa petite culotte qui ne résistèrent pas longtemps à Claude. Les préliminaires ont bien duré un quart d'heure et c'est Clem qui, ne tenant plus, demanda à Claude de la pénétrer, ce qu'il fit avec beaucoup de douceur car pour tous les deux, le désir de donner à l'autre la plus grande jouissance était primordial.

Ils refirent l'amour deux fois pendant la nuit mais à 6 heures, il fallait se séparer. Clémentine lui avoua qu'elle n'avait jamais ressenti un tel bonheur.

— Ce n'est qu'un début, dit Claude, le bonheur est devant nous, maintenant nous ne sommes pas obligés d'attendre le procès pour recommencer, nous avons peu dormi cette nuit mais nous pouvons nous voir demain soir si tu veux.

— Oh oui, lui dit-elle, tu sais, j'avais peur de ne pas te donner autant de plaisir.

— J'étais aussi anxieux que toi moi aussi, tu vois, il n'y a pas d'âge pour débuter un grand amour.

Claude enlaça sa belle avant de lui dire :

— Ce soir c'est toi qui viens chez moi récupérer les enfants quand tu rentreras.

— À demain, lui dit-elle, non, à ce soir, je vais essayer de dormir encore une heure, tu vois je ne sais plus où j'en suis. J'espère que je n'ai pas rêvé que tu as passé la nuit avec moi, pars vite mon chéri, je ne veux pas que Clara te surprenne.

— À ce soir, ma chérie.

À 18 heures, Clem passa chercher les enfants chez Claude, elle lui dit :

— Je ne reste pas longtemps car je veux me coucher de bonne heure ce soir, j'ai trop mal dormi la nuit dernière mais rassure-toi, je ne suis pas déçue, j'ai hâte de recommencer.

— Moi, dit-il, j'ai un peu récupéré car j'ai fait la sieste cet après-midi.

Le lendemain, Clémentine alla chercher les enfants à l'école. Marie lui demanda d'attendre pour lui parler. Il ne restait que Clara et Victor avec la maîtresse.

— Allez vous asseoir sur le banc sous le tilleul, les enfants, je dois parler à votre maman.

— Je ne sais pas comment Claude s'y est pris mais Clara ne parle que de lui, elle m'a même dit que dimanche, elle lui avait dit « au revoir papa ». Elle m'a parlé aussi de papy et mamie en me disant que quand elle l'avait embrassé, il avait une larme qui coulait sur sa joue.

— C'est vrai, dit Clem, c'est Isabelle qui lui avait dit mercredi dernier de les appeler papy et mamie. Clara lui avait répondu « moi je veux bien mais je ne sais pas si maman sera d'accord ». Tu sais Marie, je suis sur un petit nuage car les événements vont tellement vite en ce moment. Dimanche, Pierre m'a dit que si tout se passe bien, le divorce pourra être prononcé dans le mois de juin. Il a retrouvé Christian et l'a eu au téléphone. Il est d'ailleurs convoqué à son étude cet après-midi, ça ne va pas être simple car il risque même de la prison. Il vit avec une autre femme avec qui il a eu trois enfants, tu vois ces semaines de stage qu'il faisait soi-disant à Vallauris, c'était avec elle qu'il vivait à Périgueux. Il a dit à Pierre que les deux enfants que nous avons ensemble, il les abandonnait totalement. Il ne veut pas en entendre parler et il est prêt à payer le prix.

Marie était bouleversée, elle avait perdu la parole.

— Je pars, dit Clem, Claude va s'impatienter de ne pas nous voir arriver car Clara veut toujours que nous nous arrêtions pour lui faire la bise quand nous passons devant sa maison.

— Je comprends, dit Marie, mais je pense que la maman est très heureuse aussi de pouvoir lui faire la bise.

— Les enfants, on rentre ! Si tu veux passer mercredi après-midi à la maison, j'ai encore plein de choses à te raconter.

Arrivés chez Claude, le goûter était prêt, tranches de brioche, confiture.

— Là, Claude, c'est trop, les enfants pouvaient goûter à la maison !

— Oui mais Clara m'a dit hier qu'elle n'avait jamais mangé une aussi bonne confiture. Viens dans mon cellier pour en choisir quelques pots.

C'était aussi une bonne occasion pour embrasser sa belle amoureusement. Lorsqu'ils revinrent dans la cuisine, le téléphone de Clem sonna. C'était Isabelle qui l'appelait pour lui dire qu'elle devait la voir au sujet de son mari.

— *Dis à Claude de venir avec toi et amène les enfants, ils pourront jouer dans la chambre de Lucile.*

— Je suis justement chez Claude, les enfants ont souhaité s'arrêter en revenant de l'école. Il leur avait préparé le goûter car Clara lui a dit que sa confiture est meilleure que la mienne. Le temps qu'ils finissent leurs tartines, dans un quart d'heure, nous serons chez vous.

— Pierre n'est pas rentré ? dit Claude.

— Non mais il m'a chargé de dégrossir le dossier de ton mari, dit Isabelle à Clémentine. Tu n'as pas osé tout nous dire, c'est pour ça que je voulais que Claude soit présent car je sais que tu peux lui faire confiance. Voilà, il nous a avoué qu'il t'avait violée plusieurs fois bien que pour lui ce ne fût pas un viol car quand on est marié, c'est normal de faire l'amour avec sa femme même si elle n'est pas d'accord. Il l'a fait plusieurs fois, il te ligotait les bras de chaque côté du lit afin que tu ne puisses pas bouger. Ensuite il te détachait du lit en te demandant de nettoyer.

Isabelle pleurait, elle avait du mal à finir.

— Il nous a dit qu'il agissait ainsi pendant la période de tes règles. Lorsque tu es tombée enceinte de Victor, tu lui refusais tout rapport et que tu l'as menacé de prévenir la police. C'est suite à cela qu'il a décidé de partir et cela lui a pris cinq mois pour tout organiser car il voulait que tu fasses une fausse couche et c'est la raison pour laquelle il t'a battue avant de partir.

Claude lâcha Clémentine car Isabelle voulait la prendre dans ses bras pour la consoler et lui dire combien elle était triste.

— Tu as eu beaucoup de courage et je comprends que tu n'aies pas eu envie d'en dire plus.

— J'ai honte, répétait Clémentine, j'ai honte !

À cet instant Pierre pénétra dans la pièce.

— Ce n'est pas à toi d'avoir honte, lui dit-il en venant l'embrasser, c'est cet individu qui devrait avoir honte de ses actes, mais pour lui c'était normal de nous raconter ça aussi facilement que de prendre un café dans un bistrot. Je lui ai dit que je ne pourrais sûrement pas lui éviter la prison car le viol aujourd'hui est considéré comme un crime, la seule chose qu'il a trouvé à me répondre c'est que quand on est marié, on a tous les droits sur sa femme.

Je lui ai dit que quand on frappe une femme enceinte de six mois jusqu'à ce qu'elle s'écroule, ce n'est pas un crime alors que c'est dans l'espoir de faire une fausse couche. J'en ai vu des divorces, mais le tien est à mettre dans le *Guinness des records*. Pour ces individus la seule solution c'est la castration, malheureusement ce n'est pas autorisé. Je suggère que nous prenions l'apéritif, et toi Claude, ne quitte pas Clémentine, ce soir elle a besoin de ton aide, le portillon va servir à quelque chose d'utile et je pense qu'il a été conçu pour ça.

En prenant l'apéritif, ils avaient changé de sujet, ils pensaient à l'arrivée de Lucile et aux vacances en Corse. La sonnette de la porte d'entrée retentit, Claude se préparait à partir avec Clémentine et les enfants.

— Attendez, dit Pierre, je vais ouvrir.

Il revient avec deux énormes pizzas qu'il avait commandées en rentrant de l'étude.

— J'avais envie que nous passions le reste de la soirée ensemble car Isabelle a eu une mauvaise journée.

— C'est à cause de moi, dit Clémentine, je suis désolée, je vous fais passer de très mauvais moments.

— Il est vrai que nous commençons à te connaître et surtout à t'apprécier, le mot est faible mais ce que nous avons entendu avec autant d'arrogance de cet individu m'aurait fait souffrir aussi pour une personne que je n'aurais pas connue.

Claude, qui connaissait la maison, alla chercher les assiettes et les verres pendant que Pierre découpait les pizzas et Isabelle était partie chercher les enfants dans la chambre de Lucile, Clémentine mettait la table et tous s'installèrent devant une belle part de pizza. Le dîner fut rapide et surtout très gai car Clara ne finissait pas de parler de sa maîtresse et que maintenant elle aussi comme ses copines pouvait parler de son papy et de sa mamie.

Pierre était heureux de voir cette gamine s'exprimer ainsi.

— Je revois Lucile à son âge, dit-il.

Aussitôt après le dîner, Claude et Clem sont rentrés avec les enfants et comme le dimanche soir précédent, Claude est venu rejoindre sa belle pour passer la nuit.

Lorsqu'elle le fit rentrer, Claude lui dit :

— Je suis en service commandé, tu as entendu Pierre, il m'a chargé de te protéger cette nuit.

— Sans lui, tu ne serais pas revenu, lui dit-elle en riant.

C'était leur deuxième nuit d'amour, aussi belle que la première et avec moins d'appréhension pour l'un comme pour l'autre.

— J'espère que je vais pouvoir te faire oublier ton passé, je t'aime tellement, je pense que le fait de s'aimer rend l'acte d'amour encore plus beau et nous donne ce désir. Le chemin que nous avons parcouru depuis deux semaines me fait regretter le temps perdu. Il y a un an, je te donnais un panier de cerises et tu étais si discrète que je n'osais pas de poser des questions.

— C'est vrai que je n'osais pas approcher un homme avec ce que j'avais vécu et en plus je craignais pour mes enfants. Là il faut le reconnaître, c'est Clara qui t'a choisi, je crois que j'ai bien fait de lui faire confiance.

Comme le lundi d'avant, Claude prit congé de sa belle vers 6 h 30.

Maintenant le pli était pris, un soir sur deux Claude venait passer la nuit chez Clémentine.

Le samedi après-midi, elle lui demanda conseil pour les boissons car elle avait l'intention d'inviter Isabelle et Pierre et n'y connaissait rien en vin.

— Je m'en charge, lui dit-il, mais tu sais que demain, tu viens déjeuner à la maison. Là, je vais justement faire des courses, j'en profiterai pour garnir ta cave.

En sortant, Claude croisa Marie qui venait passer un moment avec son amie.

— Bonjour, Marie, lui dit-il.

— Bonjour, papa Claude, lui répondit-elle en riant.

— Ah je vois que Clara a parlé, que voulez-vous, cette fillette m'adore, et je l'adore moi aussi. Ce serait difficile de ne pas aimer les enfants de Clémentine car ils sont vraiment très mignons tous les deux. Et puis vous savez, Marie, je n'ai plus guère l'occasion de câliner ma fille, je crois que vous la connaissez, celle que je prends dans mes bras dans ma voiture.

Ils éclatèrent de rire tous les deux.

— Match nul, lui dit-elle en partant.

Clémentine attendait devant la porte et avait tout entendu, elles entrèrent dans la maison.

— La réplique de Claude était justifiée, dit Marie, je pense qu'il ne m'en veut pas car il l'a dit avec le sourire.

— Non, Claude est suffisamment intelligent pour ne pas se vexer, et il m'a dit que quelques fois, ça leur arrivait de jouer les amants pour contrarier des personnes qui avaient tendance à mordre facilement à l'hameçon. Lucile l'appelle souvent « papa chéri », j'ai hâte de la connaître. Isabelle l'appelle trois fois par semaine et elle lui a dit qu'elle avançait son retour d'une semaine afin de faire ma connaissance. Claude, lui, appelle deux fois par semaine.

Je vais partir en vacances pour la première fois. Pierre m'offre mes trois semaines de congé avec eux en Corse. Il a une grande maison là-bas, ils partent du 7 juillet au 15 août avec Lucile. Nous partirons une semaine après eux avec Claude et les enfants et nous rentrerons une semaine avant eux. Pierre m'a dit que si nous voulons partir tous les deux de temps en temps, Isabelle et Lucile se feront un plaisir de s'occuper des enfants.

— Tu pourras en profiter pour aller voir ton amie Monique quand tu seras sur l'île de beauté.

— Je n'en ai pas encore parlé à Claude, mais je vais lui proposer et ensuite j'appellerai Monique pour lui dire. Je suis sûre qu'elle va être heureuse car elle m'a déjà invitée à venir chez elle, mais je n'ai jamais voyagé et partir avec deux enfants, il faut au moins deux valises et j'avais peur de ne pas y arriver. Là c'est différent, nous partirons en voiture, je ne suis jamais montée sur un bateau ou dans un avion.

— Je suis heureuse pour toi, dit Marie, j'ai remarqué que tu avais un léger maquillage, ça te va très bien. Je te trouve plus gaie, je pense que Claude y est pour beaucoup. Soyez heureux et profitez de la vie.

Après avoir bavardé pendant deux heures, Claude était de retour et rangeait les bouteilles dans le cellier de Clémentine.

— Ne vous dérangez pas pour moi, dit-il en passant devant la porte du salon, je repars chez moi ranger mes courses et je reviens dans un quart d'heure.

Lorsque Claude revint, Marie disait au revoir à Clémentine.

— Je ne vous chasse pas, dit-il.

— Non, nous n'avions plus rien de précis à nous raconter. À propos, dit-elle, vous n'avez pas un frère plus jeune que vous qui aurait les mêmes qualités que vous ?

— Non, je n'ai pas de frère mais si dans ma clientèle je trouve un célibataire beau et intelligent, je le présenterai d'abord à Clara qui pourra juger s'il vous convient.

Ils éclatèrent de rire tous les trois et n'avaient pas vu Clara qui s'approchait d'eux.

— Pourquoi vous riez en parlant de moi ? dit-elle en se dirigeant vers Claude qui la prit dans ses bras et qui lui dit que c'était grâce à elle qu'ils avaient pu faire connaissance avec sa maman.

— Ce n'est pas difficile, moi je l'ai vu dans tes yeux que tu étais amoureux de maman ; tes yeux brillaient et ceux de maman aussi pendant qu'elle se maquillait pour aller chez toi la première fois.

— Alors je te ferai confiance, dit la maîtresse.

CHAPITRE 8

Cinq semaines plus tard, Clémentine sentait qu'elle faisait vraiment partie de la famille, en déjeunant chez papy et mamie. Tous les dimanches, ils les passaient ensemble soit chez Claude, soit chez Clémentine ou bien chez papy et mamie.

— J'espère, dit Pierre, que dimanche prochain, on fera la fête. La semaine prochaine va être dure pour tout le monde mais jeudi soir si tout va bien tu seras libre, Clémentine. En effet, le jeudi 4 juin, le divorce sera prononcé. Je t'assure que tout se passera bien. Il en a trop dit, il ne pourra pas faire machine arrière.

Le jeudi soir tout le monde était chez Clémentine, Claude avait sorti le champagne et les petits fours. Pierre fit le compte rendu de la journée.

— À partir de maintenant, tu as repris ton nom de jeune fille, tout s'est déroulé comme prévu, à deux reprises, sur les accusations de viol, il a voulu minimiser en disant qu'il ne savait pas que c'était aussi grave, que vous étiez mariés et que tu n'avais pas à refuser ses avances. Le juge lui demanda à deux reprises de se taire en lui disant que plus il parlait, plus il aggravait son cas. Il est condamné à te verser quarante mois de charge pour les enfants à mille deux cent cinquante euros mensuels ce qui fait cinquante mille euros plus trente mille euros pour les violences que tu as subies et pour avoir quitté le domicile conjugal sans donner son adresse. Il doit aussi régler tous les frais de divorce entre l'avocat et le tribunal. Pour ce qui est des viols, le juge n'avait pas la compétence pour régler ce problème, cela pourrait se passer en correctionnelle ou même en cours d'assises, la sanction serait alors de dix ans d'emprisonnement. Il refuse de prendre un avocat pour sa défense, il veut que ce soit moi. Je pense que le versement de trente mille euros qu'il accepte en reconnaissant les faits lui épargnera la cour d'assises, mais nous n'en sommes pas encore là et de toute façon, ma chère Clémentine, ce n'est plus de ton ressort. Tu es libre maintenant. Les chèques devraient parvenir à mon étude en début de semaine prochaine, les sommes n'avaient pas l'air de le déranger. Bon, Claude, tu l'ouvres cette bouteille car ça m'a donné soif et je pense que le portillon va fonctionner maintenant.

— Pierre, tu exagères, dit Isabelle, laisse-les savourer leur bonheur et n'en rajoute pas, ils sont adultes et ils ont le droit de faire ce qu'ils veulent sans te rendre de comptes.

Ils se mirent à rire.

— Pour me faire pardonner, on va nous livrer deux pizzas ce soir chez toi, Clémentine, nous passerons la soirée tous ensemble. Vous ne pouvez pas imager le bonheur que les enfants nous donnent à Isabelle et moi.

— Dimanche prochain, dit Claude, on déjeune chez moi et le dimanche suivant ce sera ici car Clémentine fêtera ses trente-trois ans.

— Dans ce cas, dit Isabelle, si c'est son anniversaire, c'est chez nous que vous viendrez, je ne veux pas qu'elle soit de corvée ce jour-là.

— Moi, dit Clémentine, j'ai quelque chose à vous dire, ça fait deux mois que vous me le demandez et je me suis promis de le faire le jour de ma liberté. Donc toi, Pierre, et toi, Isabelle, je vous tutoie, je vous dois bien ça à tous les deux.

Ils se levèrent pour embrasser Clémentine.

— Tu n'imagines pas le bonheur et la joie qui remplissent notre cœur, dit Pierre.

— J'aurais voulu avoir des parents comme vous, mais je ne veux pas prendre la place de Lucile, je suis sûre que nous allons bien nous entendre toutes les deux.

Lorsque les pizzas furent livrées, ils se mirent à table et les dégustèrent avec appétit dans la joie.

Vers 20 h 30, Pierre et Isabelle dirent au revoir aux enfants que Clémentine s'apprêtait à coucher, et lorsqu'il l'embrassa, il lui chuchota « c'est bon, à partir de ce soir c'est la liberté ». Elle lui répondit :

— Pierre, il y a un mois et demi, tu as bien dit à Claude de me protéger, que je pouvais être en danger, alors il t'a écouté. Vous m'avez tellement mise en confiance que j'ai pu donner la réplique à Pierre, je ne l'aurais pas fait il y a trois mois. Je vous remercie tous les deux et n'oubliez pas, dimanche nous déjeunons chez Claude.

Lorsque Pierre et Isabelle furent partis, Clem dit à Claude :

— Je crois qu'il vaut mieux dire ce soir aux enfants que tu couches là.

Ils allèrent tous les deux souhaiter une bonne nuit aux enfants et Claude leur dit que maintenant, ils pouvaient l'appeler papa.

Clara ne le lâchait plus :

— Oh, mon papa, je suis contente, tu restes à la maison ce soir, il faut que tu ailles chercher ton pyjama et tu vas dormir avec maman.

— Moi aussi je peux te dire papa ? dit Victor.

— Mais bien sûr !

Et il le prit dans ses bras.

Quand les adultes se retrouvèrent seuls, ils rirent au sujet du pyjama.

Claude alla donc chez lui le chercher, car Clémentine avait pris son vendredi et ils pensaient faire la grasse matinée, sachant que Clara viendrait les trouver vers 7 h 30.

Les pyjamas furent enfilés vers 7 heures, ils avaient passé la nuit tout nus comme toutes les nuits qu'ils passaient ensemble.

Clara entra dans leur chambre vers 8 heures, elle les embrassa tous les deux et allait repartir quand sa maman lui dit :

— Tu as toujours ta place pour un câlin dans mon lit.

— Je n'osais pas.

Claude la passa au-dessus de lui, et la fit glisser entre eux.

— De toute façon, lui dit-il, je me lève pour faire du café.

Victor lui n'était pas du matin, il fallait que sa sœur ou sa maman le réveille.

Lorsque le petit-déjeuner fut prêt, Claude les appela.

— Il faut se dépêcher, j'accompagne les enfants à l'école.

— Si tu veux, dit Clem. Je vais la préparer mais Victor reste avec nous aujourd'hui.

Lorsque Marie vit arriver Claude seulement avec Clara, elle fut surprise de ne pas voir Victor.

— Nous nous sommes levés tard ce matin, Clémentine a pris sa journée pour apprécier sa liberté.

— Oui, lui dit-elle, et je suppose qu'elle n'a pas bien dormi.

— C'est possible, dit Clara, mon papa a couché à la maison et ils avaient beaucoup de choses à se dire. Au revoir, papa, je veux un gros bisou.

Claude la prit dans ses bras pour l'embrasser.

D'autres mamans qui venaient d'accompagner leurs enfants se retrouvaient à deux ou trois pour commenter ce qu'elles avaient vu et pour la première fois, elles entendaient Clara dire « papa » alors que quand Claude venait le soir les chercher, Clara lui disait déjà mais dans le creux de l'oreille pour que personne n'entende à part sa maîtresse qui était dans la confidence.

En rentrant à la maison, Clémentine était encore dans la salle de bains, Claude alla trouver Victor qui jouait avec le garage et les petites voitures, que ce dernier lui avait offerts deux jours auparavant.

— Merci, papa, dit le gamin, c'est joli comme cadeau et maintenant je t'aime comme Clara.

L'été approchait à grands pas, il commençait à faire chaud, Clémentine rejoignit ses deux hommes dans le salon, elle portait une petite robe d'été qui plaisait à Claude.

— Tu es ravissante ma chérie, lui dit Claude, d'ailleurs tu es toujours ravissante, ma chérie.

Il va falloir que nous parlions de l'organisation car tout va si vite que nous sommes sur un nuage, il faut peut-être redescendre un peu. Je ne veux pas te brusquer, j'aimerais que tu me dises si tu as une idée pour les semaines à venir, je ne parle pas des mois et des années à venir car pour ça j'ai la réponse, c'est d'être ensemble mais pour le moment nous vivons dans deux maisons différentes et je pense qu'une seule nous suffirait.

— Je suis comme toi, mon chéri, je n'y ai pas réfléchi mais je dois deux mois de préavis au propriétaire et dans cinq semaines nous partons en vacances. Si tu veux, nous pourrions emménager ensemble au mois d'août, ça nous permettrait de réfléchir à mon installation chez toi. Cela nous laisse deux mois d'apprentissage pour mieux nous découvrir. Dis-moi ce que tu en penses, je ne veux pas décider seule, ça va être un sacré changement pour nous. Pour les enfants ça ne va pas beaucoup changer leurs habitudes.

— Je suis tout à fait d'accord, au retour de Corse nous pourrons déménager ce que tu as ici, ce que tu ne voudras plus nous pourrons le laisser dans ta maison ainsi que ce qui est chez moi et qui pourrait faire double emploi. J'aimerais que ce soit toi qui organises le rangement dans ma maison car ce sera la tienne aussi. Je ne tiens pas à prendre des décisions tout seul, nous sommes deux maintenant et nous avons le même désir, priorité aux enfants et à notre bonheur.

— Tu es gentil, Claude, je ne prendrai aucune décision sans te consulter. Je souhaite aussi que nous partagions tout. Dans la vie, il y a des instants de bonheur et aussi des moments difficiles, ce sont ces derniers qu'il faudra savoir gérer tous les deux. Isabelle m'a dit que tu n'as pas toujours été heureux avec ton épouse, il faudra que tu m'en parles, cela pourrait te soulager.

CHAPITRE 9

— Voilà, je me suis marié un peu avant mes vingt-trois ans avec la fille de mon patron. Il avait une boucherie-charcuterie à Nantes. Elle était l'aînée d'une famille de quatre enfants et avait trois frères. Six mois après notre mariage, elle est tombée enceinte de Lucile. Deux mois après elle voulait que le docteur l'arrête mais bien sûr ce dernier a refusé et lui a dit de consulter un gynécologue. Son état de santé était satisfaisant et le gynéco lui a conseillé de continuer à travailler en lui expliquant qu'une femme qui continuait à travailler accouchait souvent dans de bonnes conditions.

Comme elle était employée chez ses parents, on ne la voyait plus à la boucherie, elle disait être fatiguée. Elle a même changé de gynéco en espérant qu'il lui dirait de ne plus travailler. Ce toubib lui conseilla de marcher beaucoup si elle ne voulait plus travailler. Elle refusa tous les conseils aussi quand Lucile est venue au monde, l'accouchement ne s'est pas très bien passé. Elle a beaucoup souffert et c'est la raison pour laquelle elle en voulait à sa fille. Elle n'était responsable de rien, c'était toujours de la faute de Lucile. Au début, sa mère s'occupait bien de ma fille et moi je prenais le relais lorsque j'étais à la maison. À l'âge de deux ans, nous avons pu amener Lucile en vacances en Corse chez Pierre et Isabelle qui étaient venus à notre mariage. Nous prenions alors l'avion à Nantes et Pierre venait nous chercher à l'aéroport.

Plus le temps passait, plus elle reprochait à Lucile d'être la cause de ses malheurs, depuis sa naissance, tous les mois j'allais avec ma fille passer deux jours aux Sables-d'Olonne chez mes parents tandis que ma femme refusait de nous accompagner. Elle voulait que je leur laisse ma fille, ma mère aurait bien voulu mais sa santé ne lui permettait pas. Quand Lucile a eu cinq ans, je suis parti en Corse avec elle, ma femme refusant encore de venir. Elle n'appréciait pas mes amis, disant qu'ils étaient trop riches. À plusieurs reprises, elle m'a dit que je devrais leur laisser notre fille car ils n'avaient pas d'enfant et il est vrai que Lucile les adorait. Lucile disait à sa mère qu'elle aimait bien Isabelle car elle s'occupait d'elle et lui faisait beaucoup de bisous.

C'est à cette époque que j'ai quitté la boucherie de mes beaux-parents. Le frère de ma femme pouvait me remplacer. Je venais souvent à Angoulême avec ma fille et tous les ans nous allions rejoindre Pierre et Isabelle en Corse, elle restait avec eux jusqu'à la fin des vacances. À moi, elle me manquait beaucoup. J'ai perdu ma mère six ans après la naissance de Lucile et mon père six mois après. Je n'avais plus que Pierre et Isabelle.

Mon épouse ne travaillait toujours pas et heureusement que nous étions logés dans une maison de ses parents. Sa mère s'occupait de temps en temps de Lucile. Ma femme était toujours malade mais ne faisait rien pour essayer de guérir, elle mangeait beaucoup de charcuterie, de gâteaux, bref, tout ce qui lui était déconseillé pour son diabète et son cholestérol.

À dix ans, Lucile rentrait en sixième, sa mère ne voulait plus la voir alors j'ai franchi le pas et demandé à Pierre et Isabelle s'ils pouvaient la prendre. Ce jour-là, je ne pouvais pas leur faire un plus beau cadeau tandis que de mon côté, j'étais malheureux de ne pas la voir tous les jours quand je rentrais, mais je voulais son bonheur avant le mien et je savais qu'elle s'épanouissait avec eux. Je leur téléphonais tous les soirs et avant de raccrocher, Lucile me disait toujours « je t'aime mon papa chéri ».

Isabelle s'est occupée d'elle comme si elle était sa propre fille, elle s'est chargée de son éducation. Je venais passer deux jours tous les quinze jours avec eux et je partais en Corse les rejoindre tous les ans aux vacances.

Les trois premières années où elle partait, mes beaux-parents m'avaient demandé de la ramener passer une semaine avec eux pendant les vacances de Pâques.

Cela se passait tellement mal avec sa mère que j'avais dû la reprendre le jeudi où elle avait tourné avec moi toute la journée car je travaillais et le soir nous étions rentrés à Angoulême.

En arrivant chez Isabelle, la première chose qu'elle lui dit, c'était la dernière fois qu'elle allait à Nantes. « Je ne veux plus voir ni mes grands-parents ni ma mère. Ils me traitent de pimbêche et de bonne à rien. Je n'ai même pas le droit de m'isoler un moment pour lire. Grand-père m'a dit mardi soir "au lieu de bouquiner, tu ferais mieux de venir faire la plonge au labo, tu apprendrais un peu à travailler avec tes mains". Je lui ai dit que je préférais travailler avec ma tête et que ça me servirait davantage. Quand papa est rentré, je lui ai dit, et c'est pour ça qu'il me ramène aujourd'hui. »

Donc la santé de ma femme se dégradait de plus en plus, elle est décédée deux mois avant que Lucile passe son bac. Le décès de sa mère ne l'a pas perturbée, c'est là qu'elle m'a dit « papa chéri, maintenant tu vas pouvoir être heureux, je ne sais pas comment tu as pu faire pour rester dans cette famille ! ».

Voilà ma chérie, tu sais la suite, tu vois moi aussi j'ai eu quelques malheurs, mais ils ne sont pas à la cheville de ceux que tu as vécus. Ma plus grande peine était toujours de quitter Lucile mais je la savais heureuse et c'est ce qui comptait le plus. Elle a eu son bac avec mention très bien, et tu comprends maintenant pourquoi entre mes amis et moi, il y a un lien très fort.

— Quand je vois comment tu t'occupes de mes enfants, je comprends combien tu as dû souffrir de te séparer de ta fille, mais tu as voulu son bonheur avant le tien et ça, je pense qu'il y a très peu d'hommes capables d'autant d'abnégation. Avec toi mon chéri, je n'ai pas de souci à me faire pour mes enfants, ce sont déjà les tiens.

J'espère que Lucile ne sera pas jalouse mais je suis sûre qu'elle va les aimer elle aussi. Je voudrais être au 25 juin pour accueillir Lucile, je veux que tu restes celui que tu as toujours été pour elle. Je sais qu'il y a de la place pour deux dans ton cœur.

— Moi j'ai hâte que nous soyons en vacances en Corse, cela fait vingt ans que j'y vais et j'ai toujours quelque chose à découvrir et cette année sera encore plus belle car en plus de ma fille je vais avoir ma femme et les enfants.

— À propos, dit Clémentine, je ne peux pas aller en Corse sans aller voir Monique. Je crois qu'elle habite à Calvi, je vais lui téléphoner et je pense que nous serons obligés de passer une journée avec elle. J'espère que tu seras d'accord. Elle m'invite tous les ans à aller passer quinze jours chez elle mais je ne me sentais pas capable de faire le voyage avec deux enfants, deux valises, pour une femme seule, d'autant que je n'ai jamais voyagé.

— Ce sera avec grand plaisir, dit Claude, cette femme t'a rendu un grand service. Tu vois, nous avons déjà une visite organisée.

CHAPITRE 10

— En attendant de vivre chez toi, nous pouvons bien prendre nos repas ensemble, je vais préparer le déjeuner et si tu veux bien nous irons faire les courses cet après-midi, j'ai besoin de savoir ce que tu aimes.

— Je voulais te le proposer, dit Claude, car je dois faire les courses pour samedi et dimanche car c'est moi qui prépare le repas. Il faudra être de retour à 16 h 30 pour récupérer Clara à l'école. Nous pourrons y aller tous les trois avec Victor. Ce matin Marie était surprise de ne pas te voir.

Cette journée passa très vite. Ils arrivèrent devant l'école à l'heure de la sortie mais voulaient être les derniers à récupérer Clara qui s'était cachée derrière sa maîtresse. Pendant que les deux amies discutaient, Clara était déjà au cou de Claude.

— Bonjour, mon papa, dit-elle, je suis contente que vous soyez venus tous les trois pour me chercher, on rentre chez toi ou on va chez maman ?

— Chez maman, lui dit-il, tu sais que je lui ai donné des pots de confiture que tu aimes bien.

Au revoir, Marie, bon week-end.

— À vous aussi, Claude, et à lundi.

Tu as une petite robe très jolie, elle te va bien, Claude me l'a dit.

— Ce matin quand je l'ai prise, cela fait dix ans depuis le décès de Nathalie que je ne la portais plus. C'est elle qui me l'avait offerte pour mes vingt-trois ans.

Après le goûter, Clara demanda à sa maman :
— Est-ce que papa Claude va rester avec nous tout le temps ?
— Oui, nous en avons parlé avec lui ce matin, nous restons ici tous les quatre jusqu'au 15 août environ, mais nous allons passer trois semaines en vacances en Corse pour rejoindre Pierre, Isabelle et Lucile. Pierre a une grande maison là-bas.
— C'est vrai, coupa la gamine, on va aller chez papy et mamie, je suis très contente.
— Claude, dimanche, j'ai pensé qu'il serait préférable de faire le repas ici au lieu d'aller chez toi.
— À une condition, que tu me laisses t'aider à préparer le repas, tu sais j'adore faire la cuisine et toi tu as beaucoup de travail avec les enfants, il va falloir qu'on apprenne à se partager les tâches. Demain, je préviendrai Pierre et Isabelle pour qu'ils s'arrêtent ici dimanche.
— Je sais ce que représentent tes amis, enfin nos amis, tu peux aller prendre l'apéro chez eux quand tu en as envie.
— Oui mais ça, c'était quand j'étais célibataire, maintenant j'ai une famille, alors quand j'irai prendre l'apéro chez eux, tu viendras avec moi et les enfants. Je pense qu'ils ne voudront plus me voir seul et de mon côté je n'ai pas envie de te laisser seule. En plus, ils seront ravis de voir les enfants de temps en temps.

Le dimanche matin, dans une ambiance de franche rigolade, Claude s'occupait du plat de résistance, gigot, flageolets et Clémentine préparaient des entrées variées avec les légumes de saison.
— Cela me fait bizarre, dit-elle, d'avoir un homme dans ma cuisine pour préparer le repas, ça ne m'était jamais arrivé ! Mais ça me rend encore plus gaie. C'est le début d'une grande aventure, et pour un début, je trouve que ça commence très bien.

De temps en temps, il passait derrière elle et à chaque passage, elle avait droit à un baiser.

À midi, les invités arrivèrent, le repas et la journée se déroulèrent avec beaucoup de plaisir. Pierre aimait lancer quelques vannes à Clémentine qui maintenant osait lui répliquer, ce qui plaisait à Isabelle qui l'encourageait à répondre.

Pierre avait reçu les chèques de l'ex-mari et les donna à Clémentine.

— Je n'ai pas de conseils à te donner, lui dit-il, pour les placements je pense qu'en tant que comptable tu sauras faire les bonnes opérations. Tu sais bien qu'il faut se méfier des conseillers bancaires qui voient d'abord l'intérêt de la banque en faisant croire à leur client qu'il propose le meilleur placement.

— À propos, dit-elle, je voulais aller voir mon propriétaire pour résilier le bail mais Claude m'a dit que tu t'en occupais. Je pense que fin août nous emménagerons chez Claude qui désire laisser les meubles que nous avons en double dans la maison.

— C'est une bonne idée, dit Isabelle, et lorsque Lucile sera prête à habiter la maison, elle décidera de garder ce qui lui plaira.

— Lorsque j'aurai acheté cette maison, dit Pierre, je n'ai pas l'intention de la louer mais si elle est meublée on pourra toujours dépanner quelqu'un dans le besoin.

— Moi, dit Claude, je me charge de l'entretien et d'ouvrir la maison régulièrement pour l'aérer. En plus je vais peut-être agrandir mon jardin, tu vois, Pierre, que le portillon va encore servir.

— Et moi, dit Clémentine, il m'a servi hier pour aller cueillir des cerises, il y a d'ailleurs un petit panier pour vous quand vous partirez.

Après le repas, Claude proposa d'aller finir l'après-midi sous le cerisier. Pierre aimait bien voir le jardin de son ami.

— Quand je serai en retraite, tu me donneras des leçons de jardinage. J'irai même te donner un coup de main quand tu auras besoin car je pense être en retraite en même temps que toi.

En partant, Pierre remercia Clémentine pour cette belle journée passée en famille.

— On ne pensait pas avec Isabelle que Claude comblerait ce qui nous manque. Quand Lucile était avec nous, elle apportait beaucoup d'amour à notre couple, mais depuis septembre dernier, elle nous manque, mais ton arrivée nous aide beaucoup et en plus tu nous donnes deux petits-enfants. Tu ne t'imagines pas notre bonheur d'entendre « papy et mamie ». Allez, dit-il, passez une bonne semaine et à dimanche prochain, c'est nous qui vous accueillons pour ton anniversaire.

Quand ils furent partis, Clémentine se jeta dans les bras de Claude.
— Tu imagines ce changement pour moi en moins de trois mois, je vivais comme une tortue dans sa carapace, et là j'ai un mari, des parents et bientôt une petite sœur, et des vacances.
Et en prime de l'argent ! Tu viendras avec moi cette semaine à la banque car je ne veux pas me faire avoir, si nous sommes deux, il n'aura pas le même pouvoir. Tu sais les cinquante mille francs que m'avait donnés mamie, je les ai mis à la Caisse d'épargne et je n'y ai jamais touché. Il y a quinze ans déjà.

CHAPITRE 11

Le mercredi après-midi, Clémentine avait obtenu un rendez-vous à la banque à 15 heures. Après avoir déposé les enfants chez Isabelle qui se faisait un plaisir de les garder, ils arrivèrent à leur rendez-vous. Le conseiller les fit entrer dans son bureau. Elle lui dit qu'elle avait un chèque de trente mille euros et lui demandait ce qu'il pouvait lui proposer. Elle voulait un plan pour vingt-cinq mille euros. Pourquoi pas la totalité ? Elle lui répondit qu'elle voulait garder cinq mille euros sur son compte car elle avait des achats à faire.

Pendant vingt minutes, le banquier lui vanta un plan extraordinaire sur huit ans et avec lequel il y avait de très gros avantages.

— Écoutez, lui dit-elle, je suis expert-comptable, les chiffres, je jongle avec tous les jours, ce que vous proposez est ridicule.

Et Claude rajouta :

— Je pense que le gros avantage dans ce placement c'est surtout la banque qui l'aura. Déjà, les frais de dépôt pour ce plan, il faut trois ans pour les récupérer, au bout du compte ça ne rapporte pas du tout ce que vous dites, alors soit vous me proposez quelque chose de sérieux soit je vais mettre mon chèque ailleurs.

— Attendez, dit-il, seul le directeur peut prendre des décisions plus avantageuses.

Une heure après, ils sortaient de la banque avec satisfaction, à peu près le même plan mais sans les frais de dépôt.

En rentrant, ils allèrent ensemble chercher les enfants qui étaient à table chez papy et mamie, qui leur avait préparé des crêpes pour le goûter.

— T'as vu maman, mamie elle nous a fait des crêpes et elle en a fait davantage car papa est un gourmand !

Mamie finissait de faire sauter les crêpes, elle posa la deuxième assiette sur la table.

— Installez-vous, dit-elle. Je sais que Claude adore ça mais tu vas bien en manger quelques-unes, Clémentine.

— Avec plaisir ! Nous sommes en période d'apprentissage pour les goûts de chacun mais je crois que nous avançons assez vite car nous parlons beaucoup de nos désirs et de la vie en général.

— Vous savez, dit Isabelle, je pense que vous aurez souvent besoin de partir tous les deux, le mercredi ou le samedi après-midi, c'est un plaisir pour moi de les avoir, ils sont vraiment faciles à garder. Clara me rappelle tellement ta fille, Claude, quand elle avait son âge et que nous l'emmenions en vacances.

Le dimanche suivant, ils fêtaient l'anniversaire de Clémentine chez Pierre et Isabelle. Pierre lui avait offert un très beau bouquet de roses car il la considérait comme sa fille et Isabelle l'avait emmenée le samedi après-midi pour lui offrir une très belle robe, Claude attendait la fin du repas pour lui offrir son cadeau. En lui tendant une petite boîte, il lui dit :

— Veux-tu m'épouser ma chérie ?

Avant qu'elle ait eu le temps de répondre, Clara lui dit :

— Oh dis oui, maman !

Puis Clémentine prit Claude dans ses bras, et lui dit :

— Oui, bien sûr que je veux être ta femme.

— En voilà une belle journée, dit Pierre.

La boîte contenait une très jolie bague que Claude lui passa au doigt en lui disant :

— Nous sommes fiancés, maintenant.

CHAPITRE 12

Ce mois de juin était merveilleux, il faisait chaud, le jardin de Claude commençait à donner de bons résultats, salades, radis, pommes de terre nouvelles, il fallait attendre quinze jours pour l'arrivée de Lucile.

Ce mercredi, Isabelle avait demandé à Clémentine de passer l'après-midi avec elle :

— Tu amèneras les enfants s'il ne fait pas beau pour que Claude les garde au jardin avec lui.

Lorsqu'elles se retrouvèrent toutes les deux, Isabelle lui dit :

— Tu nous as parlé de tes années de couple où tu as vécu un calvaire, Claude m'a dit que tu lui avais parlé de tes années qui ont précédé ton mariage, cette période, m'a-t-il dit, a été assez bonne pour toi mais j'aimerais que tu me parles de ton enfance, puisque tu as du mal à en parler avec Claude, je pense que ce sera plus facile pour toi de m'en parler, moi je peux tout entendre.

— Les seize premières années de ma vie n'ont pas toujours été faciles et il est vrai que j'ai du mal à en parler à Claude. Je lui ai parlé de la période de seize ans à vingt-cinq ans, année où j'ai rencontré mon mari. Cette période a plutôt été belle pour moi malgré le décès de la mamie chez qui j'étais hébergée à l'âge de seize ans, elle est partie lorsque j'avais dix-huit ans et je l'ai beaucoup pleurée. J'ai été découverte dans un panier à quatre ou cinq jours, plutôt bien habillée devant le couvent. La personne qui m'a déposée devait savoir que tous les matins une sœur venait chercher le journal à la boîte aux lettres vers 7 heures. Je ne pleurais pas. On m'a dit bien plus tard que le dépôt avait été fait environ dix minutes avant. Après renseignements auprès des maternités de la région, j'avais simplement un petit ruban à mon poignet avec mon prénom. Pendant l'enquête de gendarmerie qui a duré quinze jours, je suis restée chez les sœurs, ensuite j'ai été conduite à l'assistance sociale où je suis restée pendant un an. Par la suite, j'ai été placée dans une famille d'accueil jusqu'à mes sept ans. De cette période, j'ai quelques bons souvenirs. J'étais assez précoce pour mon âge et je travaillais très bien à l'école, ce qui ne m'a pas toujours rendu la vie facile car les deux filles de la famille qui avaient deux et quatre ans de plus que moi étaient souvent complices pour me faire punir à la maison par leur mère. Parfois, j'étais privée de dessert, et à partir de cinq ans, je devais faire les tâches ménagères à leur place, mettre le couvert, essuyer la vaisselle et le pire était quand leur père arrivait et qu'il avait bu, je prenais souvent des gifles, il m'est même arrivé d'aller au lit sans dîner.

La maman était quand même gentille car en cachette de son mari, elle m'apportait quelque chose à manger mais il ne fallait pas que je le dise à ses filles. À sept ans, je rentrais dans la même classe que la fille qui avait deux ans de plus, car elle avait redoublé tandis que j'avais sauté une classe.

Tout s'est accéléré à ce moment-là, le père ne supportait pas que je rattrape sa fille, à la maison, il m'interdisait de faire mes devoirs ou de passer un peu de temps à lire. Il trouvait toujours quelque chose à me faire faire.

La maîtresse, Mme Naud, s'est vite aperçue de mes difficultés et au bout de quinze jours, elle m'a gardée en classe pendant une récréation, elle voulait savoir ce qui se passait et elle avait remarqué des hématomes, sur mes bras et mon front.

Alors, je lui ai tout avoué, que le père de famille me battait et qu'il m'interdisait de faire mes devoirs.

Elle a donc appelé l'assistante sociale qui est venue à midi, et à qui j'ai de nouveau tout expliqué, et la maîtresse qui m'aimait bien regrettait de ne pas avoir appelé plus tôt.

En début d'après-midi, l'assistante sociale m'a conduite à l'hôpital pour faire constater les blessures que j'avais sur les bras, les côtes et le front. Elle a déposé plainte, et, suivie des gendarmes, elle m'a ramenée à la maison pour récupérer toutes mes affaires, pendant que les forces de l'ordre emmenaient le mari au poste pour le questionner. Ils détenaient le certificat établi par l'hôpital.

Celle qui était à plaindre, c'était la mère de famille qui lorsqu'elle prenait ma défense se faisait cogner aussi. Je ne suis jamais retournée dans cette maison. L'assistante sociale m'a ramenée chez la maîtresse qui avait négocié de me garder le temps de trouver une autre famille. J'ai ensuite été conduite chez une femme seule d'une quarantaine d'années, elle avait à plusieurs reprises refusé de prendre un garçon, l'occasion était bonne pour moi. Je peux même dire *très bonne*, car j'ai passé quatre merveilleuses années auprès d'elle.

À mes huit ans, elle a organisé une petite fête pour mon anniversaire, c'était la première fois pour moi et elle m'avait fait un joli cadeau. Cette dame avait un fils de vingt et un ans qui se prénomme Lucas. Il était à l'école militaire pour devenir sous-officier. Il m'avait félicitée d'avoir apporté de la gaieté dans la maison de sa maman.

Elle était veuve depuis trois ans, et elle me traitait comme sa fille. De plus, elle était amie avec la maîtresse donc elle savait que je travaillais bien à l'école.

Lorsque je voulais l'aider à la maison, elle me disait toujours « à condition que tu aies fini tes devoirs et comme tu aimes lire, je préfère que tu en profites ». C'était vraiment tout le contraire de la maison précédente.

Le jour de mes huit ans, elle me demanda de l'appeler « maman Claudine », moi ça me plaisait bien. Son fils venait passer trois ou quatre jours avec nous toutes les fins de mois. Il m'aimait bien et il disait qu'il était content d'avoir une petite sœur, je le voyais d'ailleurs comme un grand frère.

Tous les ans à mon anniversaire, c'était la fête, et pour mes dix ans, elle avait même invité la maîtresse qui lui confirmait que mon entrée en sixième était le résultat du bon travail que je faisais et de mes capacités à apprendre. Le fils de Claudine avait repoussé sa permission afin d'être avec nous et surtout pour présenter sa fiancée. C'était une belle jeune fille de vingt ans, elle aussi élève sous-officier.

Lucas lui avait parlé beaucoup de moi, car il disait que grâce à ma venue, il ne reconnaissait plus sa mère et qu'il ne l'avait jamais vue aussi heureuse.

Il est vrai que nous nous entendions très bien. Elle me donnait de nombreux conseils sur ma féminité, sur les problèmes que les jeunes filles rencontrent vers onze ou douze ans.

Mon entrée en sixième se passait très bien mais au bout de deux mois, je m'ennuyais. La prof principale qui était une amie de Mme Naud s'en est aperçue, elle m'a fait venir à son bureau pour me demander ce qui n'allait pas. Je lui ai fait part de mon ennui, que c'était vraiment trop facile pour moi et que j'aimerais travailler davantage. « Écoute, me dit-elle, je vais appeler Mme Naud pour lui demander qu'elle passe nous voir mercredi après-midi et j'aimerais que tu sois là, je ne veux pas décider toute seule, elle t'a déjà fait sauter une classe, je veux savoir ce qu'elle en pense ».

Le mercredi après-midi, j'étais déjà dans le bureau de ma prof principale quand la maîtresse est entrée, très surprise d'être convoquée à mon sujet.

Après s'être embrassées, Mme Naud dit : « Que se passe-t-il ? Ce n'est pas à cause de Clémentine que tu me fais venir, c'était ma meilleure élève », « Si, c'est bien pour elle car tu la connais bien et en sixième, elle veut travailler davantage car elle s'ennuie. La solution serait que je demande au rectorat, avec ton soutien, qu'elle passe en cinquième. Pour les deux mois de retard, je pourrais te donner le programme de cinquième et tu pourrais peut-être me seconder. Si la demande part aujourd'hui, elle pourra changer après la Toussaint »,

« Je ne suis pas surprise, dit Mme Naud, des élèves comme ça, il n'y en a pas beaucoup, aussi nous n'avons pas le droit de leur faire perdre du temps. Je suis prête à l'aider, il suffira de me donner le programme et je me charge de la faire travailler. C'est un plaisir pour moi !

Clémentine, je suis en voiture et comme je passe devant chez maman Claudine, je te déposerai en passant, ça me fera l'occasion de m'arrêter lui dire bonjour. Est-ce que tu m'autorises à parler de tes malheurs à ta prof, tu sais, on a besoin de connaître la vie de nos élèves », « Dans ce cas, je vais prendre un livre et m'asseoir au fond de la classe. »

Quand Mme Naud eut terminé le récit, la prof lui dit : « Tu t'imagines le mérite qu'à cette petite, je m'étais déjà attachée à elle mais maintenant je vais faire le maximum pour qu'elle réussisse. Je suis souvent écœurée par tous ces jeunes qui en mettent plein la vue avec leurs vêtements de grande marque et leurs chaussures hors de prix et qui à dix-huit ans n'en sauront pas plus que cette gamine à douze ans. Tu sais, maintenant elle est heureuse chez maman Claudine, avant d'être là, la famille dont je t'ai parlé ne lui souhaitait jamais son anniversaire, aucun cadeau à Noël. »

Mme Michel me demanda de venir afin de lui expliquer le déroulement. « Dès demain, je vais envoyer une demande au rectorat pour ton passage en cinquième, habituellement, il répond sous huit jours, donc à la rentrée après les vacances de la Toussaint, tu devrais changer de classe. Je vais demander au directeur que tu sois admise dans mon groupe. Concernant les deux mois qui sont écoulés, je vais transmettre à Mme Naud les cours que tu n'as pas eus, elle t'aidera à rattraper ce retard. Nous savons toutes les deux que tu en es capable. »

À la rentrée de novembre après les vacances de la Toussaint, je me retrouvai en cinquième avec des camarades de deux ans plus âgés que moi.

J'avais toujours Mme Michel comme professeur principal et jusqu'aux vacances de Noël tous les mercredis et samedis après-midi Mme Naud m'aidait à rattraper les deux mois que j'avais perdus. Tu sais Isabelle, si tu veux bien, je vais arrêter pour aujourd'hui, je pourrai finir de te raconter ma jeunesse la semaine prochaine, il est temps que j'aille rejoindre Claude et les enfants, c'est l'heure de goûter.

— Eh bien appelle-le, qu'il amène les enfants ici, j'ai tout ce qu'il faut pour goûter.

Dix minutes plus tard, Clara et Victor arrivaient, suivis de Claude.

— Bonjour, mamie, dit Clara, avant que maman appelle, papa venait de nous dire « je vous emmène chez mamie pour goûter, elle sera contente de vous voir ».

— Merci, Claude, je me doutais bien que tu allais venir chez papy et mamie, d'ailleurs il ne devrait pas tarder à rentrer.

— Me voilà, dit-il en poussant la porte, j'arrive au bon moment.

CHAPITRE 13

— Isabelle, si tu veux bien, je te raconterai la suite mercredi prochain, il me reste une mauvaise période à te dévoiler mais ensuite, je pense que je serais soulagée.

— Tu es courageuse car je sais que ce n'est pas toujours facile de se livrer sur notre vécu.

Nous avons des confrontations toutes les semaines avec des femmes qui demandent le divorce mais qui ont du mal à vider leur sac, car elles se sentent coupables comme c'était ton cas quand tu as commencé à me parler. Pierre demande souvent des précisions même si certains sujets paraissent tabous aux yeux des clients, quelquefois de petits détails qui paraissent anodins ont une grande importance sur le résultat du divorce.

Arrivé dans leur maison avec les enfants, Claude demanda à Clem si l'après-midi n'avait pas été trop pénible pour elle.

— Tu sais, avec Isabelle, je me sens tellement à l'aise que je peux tout lui raconter. Elle viendra mercredi prochain afin que je termine mon récit. Après je serai soulagée et je suis sûre que je pourrai t'en parler. La période qui reste à évoquer n'est pas la plus facile pour moi, c'est de douze à seize ans. Mon chéri, nous avons une semaine pour penser à nous et le week-end suivant si tout va bien, tu accueilleras Lucile. Enfin nous, tu dois être impatient de la revoir. As-tu pensé à inviter Pierre et Isabelle pour dimanche prochain ? Tu sais qu'ils veulent que le dimanche suivant se passe chez eux pour le retour de ta fille.

— Oui, je leur ai dit lundi soir lorsque je leur portais une salade et des cerises.

Le dimanche s'écoula dans la joie et dans la bonne humeur. Pierre ne cessait de clamer la joie qu'il avait de passer ce bon temps en famille.

— Nous n'avons pas eu d'enfants mais nous formons quand même une vraie famille.

Depuis une quinzaine de jours, le temps était clément dans la journée et il avait plu la nuit, ce qui ne déplaisait pas à Claude car ainsi, il n'avait même pas besoin d'arroser son jardin. Il commençait à récolter quelques pommes de terre nouvelles, de la salade, des radis…

— Tu es un vrai jardinier, affirmait Pierre.

— J'y passe beaucoup de temps mais c'est un vrai plaisir et une réelle satisfaction d'apporter un panier de légumes frais quand nous en avons besoin.

Le mercredi, Isabelle vint trouver comme convenu Clémentine.

— Donc ma cinquième se passait très bien, Mme Naud tenait à ce que je passe la voir de temps en temps pour savoir où j'en étais, mais je savais qu'elle échangeait aussi avec Mme Michel. À onze ans, je suis passée en quatrième en retrouvant de nouveau Mme Michel en prof de mathématiques.

Toutes les fins de mois, Lucas venait avec sa fiancée, ils étaient gentils et très fiers de ma réussite. La quatrième s'est bien passée, et une autre fille de mon âge qui était arrivée en début d'année suite à un déménagement m'a permis de me sentir moins seule.

Nous sommes passées ensemble en troisième et l'année scolaire avait bien commencé pour nous. Le fils de Claudine était parti en mission en Asie centrale, il avait été reçu à ses examens de sergent. Il a été pris en embuscade avec ses collègues et a été tué avec deux de ses hommes. Ce fut un choc terrible ! Après la cérémonie aux Invalides puis à l'école des sous-officiers, le corps fut rapatrié à Angoulême. Quinze jours après l'enterrement, maman Claudine était dévastée et elle est tombée malade. Elle est morte deux mois après l'obtention de mon brevet. Mme Naud a encore négocié avec l'assistante sociale pour que je passe l'été avec elle en attendant de me trouver une nouvelle maison d'accueil. Elle aurait voulu me garder mais c'était impossible. Moi j'étais malheureuse, je venais de perdre celle que je considérais comme ma mère et en même temps, je perdais un grand frère.

Fin août, l'assistante sociale revint, elle a trouvé un foyer dans un village à quatre kilomètres de l'établissement scolaire, il n'y avait pas de problèmes car les bus passaient régulièrement pour le ramassage scolaire. Je me suis alors retrouvée dans une ferme, le monsieur était décédé depuis un an, il y avait une femme de quarante ans avec sa fille de dix-huit ans et un ouvrier agricole qui avait été embauché au décès du mari. Le hasard a fait que la fille de mon âge qui rentrait elle aussi en seconde était du même village et prenait donc le bus matin et soir avec moi. Nous sommes devenues bonnes amies.

Au printemps de l'année suivante, l'ouvrier agricole couchait avec la patronne, ce qui déplaisait beaucoup à sa fille que j'appréciais. Sa mère me donnait souvent des corvées et elle avait la gentillesse de m'aider. Elle me disait qu'elle aussi travaillait bien à l'école mais qu'elle n'avait plus le droit d'étudier. Ses parents lui donnaient toujours plus de travail qu'elle ne pouvait en faire et qu'elle avait été obligée d'arrêter à seize ans, le travail de la ferme ne lui plaisait pas, elle aurait aimé suivre des études et voilà où elle en était aujourd'hui, à conduire le tracteur, à labourer, semer, jamais de jour de repos.

À la fin de l'année de seconde en juin, mon amie voulait que je passe quelques jours chez elle, je lui racontai ce qui se passait à la ferme où j'étais… L'ouvrier agricole était devenu le patron, et il ne se gênait pas pour gifler la fille de la maison. De fait, comme elle était majeure, elle s'enfuit chez une tante, j'étais la seule à savoir où elle était et elle n'est jamais revenue. J'avais quatorze ans et je rentrais en première avec mon amie et il n'était pas question que je remplace la fille. J'avais pu m'échapper pour aller prévenir Mme Naud, ma protectrice, qui avait prévenu l'assistante sociale. Le lendemain, elle venait voir comment se passait mon séjour dans la famille, elle est arrivée au bon moment, je refusais de monter sur le tracteur et il s'apprêtait à me gifler.

Pendant que l'assistante mettait les choses au point avec le couple, ma protectrice a essayé de me rassurer mais j'avais très peur de rester avec un couple qui se battait car tant que la fille était là, elle me protégeait. Au bout d'une heure, la fermière est venue me chercher, et a demandé à Mme Naud : « Qui êtes-vous ? », « Je suis la protectrice de Clémentine et je vous suis à la maison car je pense que la préposée au social à des choses à nous dire. »

Elles s'installèrent dans la maison : « Voici le plan que je propose à Mme Morin, la fermière », dit l'assistante sociale. « Clémentine est une brillante élève qui va rentrer en première à quatorze ans, elle fait partie des élèves surdoués. Je vous interdis de lui faire faire des travaux agricoles, n'oubliez pas que vous êtes bien payée pour la garder chez vous. Elle a son amie qui habite le même village, elle est donc autorisée à aller la trouver car elles ont besoin d'étudier ensemble. De plus, elle passera le samedi après-midi et le dimanche chez Mme Naud ici présente qui me rendra des comptes régulièrement. Cette dernière viendra chercher Clémentine en début d'après-midi le samedi et vous la reconduira le dimanche soir. Je tiens à vous dire qu'au moindre problème, vous aurez la visite de la gendarmerie. Ai-je été assez claire ? Pas de question ? Alors nous partons », « Juste un mot, dit Mme Naud, je viens samedi après-midi chercher Clémentine. Dimanche soir après dîner, Clémentine reviendra chez vous avec une carte de téléphone qui lui sera personnel, pour m'appeler depuis la cabine, donc interdiction de lui confisquer. »

La rentrée en première se passa sans problème. J'avais la chance d'avoir mon amie Anne dans le même village, cela me rassurait car le type me faisait un peu peur quand j'étais à la maison. Quand j'allais passer l'après-midi chez elle et que son père était présent, il venait avec elle me raccompagner. Presque tous les samedis, Mme Naud venait me chercher.

Nous étions devenues comme deux sœurs avec Anne, et les résultats de notre année de première furent une réussite.

Nous rentrions en septembre en terminale, mais le père d'Anne a été muté sur Toulouse, j'ai donc continué sans mon amie, j'avais quinze ans. Je voulais mon bac et avais toujours le soutien de ma protectrice, au moins jusqu'à janvier car elle est tombée malade. Elle a eu un cancer du sein et elle est repartie dans sa famille dans l'est de la France.

À partir du mois de mars, l'ambiance était de plus en plus tendue à la ferme, l'ouvrier buvait de plus en plus, se prenait pour le patron et battait la fermière mais jamais devant moi. J'avais prévenu l'assistante sociale mais cela ne la concernait pas.

Les trois derniers mois avant le bac ont été compliqués, un soir après m'avoir giflée, il a tenté de m'enlever mon chemisier, j'ai crié si fort que la fermière est arrivée en courant et elle lui a tapé dessus. J'ai donc rappelé l'assistante sociale pour l'en informer. Elle est venue deux jours après et l'a de nouveau menacée de prévenir les gendarmes mais elle ne l'a pas fait.

J'ai passé le bac fin juin et je n'ai eu aucune difficulté car j'avais tellement travaillé que cette épreuve ne me faisant pas peur. Le seul stress que j'avais était de rentrer à la ferme. J'avais seize ans, le jour de mes résultats, je suis allée en ville pour voir les tableaux où ils étaient affichés.

En rentrant, j'étais contente de leur annoncer que j'avais réussi et le type de la ferme m'a rétorqué : « C'est bon, demain, je t'apprends à conduire le tracteur. » Je lui ai tenu tête et là il m'a giflée, m'a déchiré mon chemisier et a tenté de me violer, la fermière est arrivée à temps pour me défendre. Elle avait un gourdin et elle l'a frappé si fort qu'il s'est écroulé. Je suis partie dans ma chambre m'enfermer à clé, et j'ai coincé une commode derrière la porte. J'ai mis toutes mes affaires dans un sac à dos. Je n'avais pas beaucoup de vêtements, la plupart venaient de la fille de la fermière qui était partie un an plus tôt en laissant presque toutes ses affaires. Je me suis couchée tout habillée et le lendemain matin à 4 heures, je me suis levée, ai pris mon sac et je suis sortie par la fenêtre qui donnait sur le jardin au rez-de-chaussée. Je suis partie à pied, il faisait à peine jour et je suis allée directement au couvent où je connaissais un peu la sœur qui venait de temps en temps à la ferme chercher des œufs ou des poulets.

Voilà Isabelle, je suis contente d'avoir pu te raconter tout ça avant l'arrivée de Lucile. Maintenant, je préfère ne plus y penser, j'ai la chance d'avoir rencontré Claude et je suis sûre qu'il me rendra heureuse.

CHAPITRE 14

— Avec ce que j'avais vécu, je me refusais de rencontrer un homme, déjà pour protéger mes enfants et mon expérience de couple m'avait appris à me méfier. Claude a reconnu qu'il avait bien essayé de m'approcher en me donnant des cerises ou une salade de temps en temps, mais il me trouvait trop discrète et ne savait pas que je vivais seule avec mes deux enfants. C'est Clara qui a vu en Claude le papa qu'elle espérait secrètement. Maintenant, il me reste à souhaiter que Lucile nous accepte auprès de son père.

— Tu sais, j'appelle Lucile trois fois par semaine et elle est impatiente de rentrer pour faire ta connaissance et celle de sa petite sœur et de son petit frère, comme elle les appelle déjà. Ce qui compte pour elle, c'est le bonheur de son père ! Je suis sûre qu'elle va le trouver métamorphosé, nous qui le voyons tous les jours avec Pierre, nous nous en sommes aperçus. Avant que tu sois à ses côtés, il n'était pas aussi gai et épanoui et côté vestimentaire, il fait aussi des efforts. Je ne le vois plus venir à la maison avec ses vieilles fringues, et il m'a avoué qu'il avait fait du tri dans ses vêtements. Je suis certaine que ce sera une des premières remarques que Lucile va lui faire.

— Moi aussi j'ai besoin de refaire ma garde-robe, dit Clémentine, je ne cherchais plus à plaire alors j'ai des vêtements qui ont dix ans, maintenant je veux plaire à Claude, je sais qu'il m'aime comme je suis, mais je veux être mieux habillée.

— C'est moi qui habille Lucile depuis dix ans, j'ai prévu de l'emmener en ville pour acheter ce dont elle a besoin, aussi tu pourras venir avec nous et vous choisirez ensemble ce qui vous fera plaisir à toutes les deux. Il ne faut pas toujours se fier à l'avis de la vendeuse. En plus, pour partir en Corse, vous avez besoin de shorts, de maillots de bain et autres tenues d'été.

— Je ne me suis jamais mise en short, cela va me faire tout drôle. Enfin, avec Lucile je me sentirai moins ridicule.

— Lucile souhaite que vous vous habilliez pareil, je lui avais promis de t'en parler, alors c'est fait. Elle m'a dit que c'était le plus beau cadeau que tu pourrais lui faire.

— Ce sera un plaisir pour moi d'avoir le même maillot qu'elle sur la plage, mon seul problème c'est que je ne sais pas nager, enfin pas très bien, j'ai tendance à paniquer si je perds pied.

— Claude et sa fille sont d'excellents nageurs, ils t'aideront pour que tu puisses en profiter avec eux. Si tout va bien, elle arrive samedi par le train de 20 heures, elle veut que j'aille la chercher seule à la gare car elle souhaite que cette première rencontre se passe dans l'intimité, l'émotion serait trop forte pour elle comme pour toi, vous avez la même sensibilité toutes les deux, mais je sais que ce sera des larmes de bonheur, donc à faire couler sans modération. Je sais qu'à la gare, j'aurai du mal à me retenir. Donc samedi nous ferons un barbecue dans notre jardin, en principe les hommes s'en occupent, Pierre fait le feu et Claude fait griller les viandes. Pierre a tendance à les faire brûler.

Il était déjà 16 h 30, Claude arrivait avec les enfants pour le goûter.

— Alors, dit-il, tu as pu aller au bout de tes malheurs ?

— Oui et maintenant je ne veux retenir que les bons moments, il y en a eu tout de même quelques-uns. Le fait de m'être confiée à Isabelle m'a permis de vider ma tête, je me sens libérée.

CHAPITRE 15

— Là, nous sommes en train de préparer l'arrivée de Lucille. Tu sais, Claude, qu'elle souhaite que j'aille seule la chercher à la gare samedi soir.

— Oui, elle me l'a dit hier soir au téléphone.

— Samedi matin, nous allons avec Pierre faire les courses tous les deux, je lui ai dit que je prévoyais des mouchoirs jetables, je pense qu'il faudra bien ça pour l'arrivée de ma fille.

Allez, les enfants, venez goûter, c'est prêt !

Il entendit un « oui papa » des deux enfants.

— Si je m'étais imaginé que l'homme que je rencontrerais serait un papa poule comme Claude, je lui aurais souri un an plus tôt lorsqu'il m'a offert des cerises au-dessus du grillage, enfin c'est trop tard pour avoir des regrets. Je pense que nous sommes en train de rattraper le temps perdu, il se couperait en quatre pour me faire plaisir. Nous apprenons à nous connaître en parlant de tout sans tabou et en nous faisant confiance.

Isabelle se préparait à partir quand Clara lui demanda :

— Alors on ne pourra pas faire la bise à papy aujourd'hui ?

— Eh bien si maman est d'accord, je vous emmène tous les deux et ils viendront vous chercher vers 19 heures à la maison. C'est OK, je sais que cela fera plaisir à Pierre de passer un moment avec eux.

Elle partit avec un enfant de chaque côté d'elle qui la tenait par la main.

— Tu sais mon amour, ça fait du bien de se retrouver seuls pendant 2 heures.

Il l'enlaça lui aussi et lui dit :

— Tu es en train d'allumer un incendie ma chérie.

— Mais ce n'est pas grave, lui dit-elle, car j'ai la capacité de l'éteindre.

Ils partirent dans leur chambre faire l'amour.

— C'est encore mieux que la première fois, lui dit-elle, car les enfants ne sont pas dans la chambre à côté.

À 18 h 30, ils s'habillèrent et se préparèrent à aller chercher les enfants, en passant par la salle de bains, ils s'aperçurent que leur étreinte avait laissé des traces sur leurs visages.

— Ne t'inquiète pas, dit Claude, il faut bien que nous apprenions à mieux nous connaître.

Lorsqu'ils rentrèrent chez Isabelle, Pierre jouait avec Victor avec le camion porteur de petites voitures. Il vint embrasser Clémentine et lui dit :

— Tu as l'air bien fatiguée, toi.

— Oui, dit-elle, c'est d'avoir raconté toute ma jeunesse à Isabelle, de brasser de mauvais souvenirs, ça m'a épuisée.

— Je comprends, dit-il, ça a même épuisé Claude car il a la même tête que toi.

Isabelle les regarda et surprise de voir leur tête, elle leur dit :

— Vous ne vous êtes pas disputés au moins ?

— Non, dit Claude, c'est qu'on apprend à se connaître.

Ils éclatèrent de rire tous les quatre.

— Moi, ce qui m'a plu en arrivant, c'est de voir Pierre assis par terre en train de jouer aux petites voitures, il s'est levé avant que je puisse le prendre en photo.

— Moi je l'ai pris, dit Isabelle, et je pense que je vais la faire agrandir pour la mettre dans son cabinet en ville, cela pourrait détendre quelques clientes qui sont très angoissées de parler de leurs malheurs.

CHAPITRE 16

Les deux jours suivants passèrent assez vite. Dès le samedi matin, Claude vint chercher Pierre pour faire les courses pour le barbecue du soir, chez leur boucher habituel, ils prirent des saucisses, des merguez, de la poitrine, des côtelettes d'agneau et des blancs de poulet pour les enfants. Au marché, ils achetèrent des melons, des tomates et des courgettes, car Claude n'en avait pas encore dans son jardin. Puis à la supérette, Claude acheta des mouchoirs jetables et deux packs d'eau minérale, pour le rosé Pierre avait ce qu'il fallait dans sa cave.

Isabelle de son côté avait prévu le repas du dimanche. Vers 15 heures, Lucile appela Isabelle :

— *J'ai un train vers 16 heures qui arrive vers 18 h 10 à Angoulême, comme convenu tu viens me chercher seule.*

— Ne t'inquiète pas, j'ai mis Clémentine au courant et elle aussi préfère que la première rencontre se fasse à la maison, nous sommes tous impatients de ton arrivée. Si ton train n'a pas de retard, nous serons à 18 h 30 à la maison, ton papa, Clémentine et les enfants seront avec ton parrain, à tout à l'heure, ma fille, tu as de belles vacances à passer ici.

À 17 h 30, Isabelle partait à la gare.

— Je pars plus tôt car il est difficile de trouver une place de parking, surtout un samedi soir.

Adultes comme enfants étaient très excités, Clémentine de faire la connaissance de celle qui allait devenir sa petite sœur et la grande sœur de Clara, surtout que Victor était un peu inquiet bien que Clara lui en ait parlé beaucoup depuis quelques jours mais pour lui, il avait trouvé un papy qui jouait aux petites voitures avec lui et ça lui suffisait.

À 18h45, un coup de klaxon retentit devant la maison, tous sortirent sur les marches devant la porte d'entrée et Lucile bondit de la voiture et se jeta dans les bras de Clémentine. Elles s'embrassaient et pleuraient dans les bras l'une de l'autre.

— Que je suis heureuse pour toi et mon papa, dit Lucile.

— Moi aussi je suis heureuse, Claude est le meilleur des hommes mais je ne veux pas prendre ta place, je sais combien tu comptes pour lui, va l'embrasser.

— Et nous ? dirent les deux hommes, reste-t-il quelques bisous pour nous ?

Pendant que Claude serrait sa fille dans ses bras qui n'arrêtait pas de lui dire la joie qu'elle avait pour lui de le voir heureux, qu'il avait rajeuni et en plus qu'il s'habillait mieux, Pierre en attendant que sa filleule en ait fini avec son père avait pris Clémentine dans ses bras et lui dit :

— Je suis heureux pour toi, la rencontre s'est déroulée comme je l'avais prévu et même mieux car je ne pensais pas que Lucile allait se jeter dans tes bras avant d'aller embrasser son papa chéri. Mais quand elle est descendue de la voiture, je pense qu'elle ne voyait que toi, elles en ont tellement parlé au téléphone avec Isabelle.

Clara s'impatientait car Claude ne lâchait pas sa fille lorsque Lucile lui dit :

— Et ma petite sœur que je n'ai pas encore embrassée.

Victor, lui, était parti retrouver Isabelle qui était restée un peu à l'écart et qui observait les embrassades.

Lucile fut surprise du vocabulaire de Clara qui lui parlait comme une grande personne :

— Tu dois être fatiguée après ce long voyage.

— Un peu, mais je suis tellement heureuse de vous rencontrer tous. Je te promets, Clara, que nous allons passer de très bons moments ensemble, et Victor il est où ?

— Oh, dit Clara, il se cache derrière mamie, je lui ai beaucoup parlé de toi mais il m'a dit qu'il préfère papy parce qu'il joue avec lui aux voitures.

— Je voudrais bien voir ça.

— Tu demanderas à mamie, elle l'a pris en photo avec son portable par surprise.

Elle alla aussitôt embrasser son parrain et lui dit :

— Tu sais, je ne savais pas quoi t'acheter pour ton anniversaire mais Clara m'a donné une idée.

— C'est quoi ?

— Tu verras, ce sera une surprise.

Claude, qui était tombé dans les bras de sa belle, séchait ses larmes.

— Tu vois, dit-il, je crois que pour une première rencontre c'est merveilleux, non ?

Puis il alla à la voiture pour chercher les bagages de sa fille pendant qu'elle prenait Victor à son cou pour le rassurer.

— Tu sais, lui dit-elle, tu es mon petit frère, Claude que tu appelles papa, c'est aussi mon papa à moi mais je sais que tu l'aimes beaucoup car il s'occupe bien de toi.

Clémentine s'approcha d'eux et dit alors à Victor :

— Tu n'as plus peur de Lucile ?

— Non, maman, elle est gentille et très jolie.

— Comme tu es mignon, lui dit-elle en lui faisant plein de bisous.

— Quand tu vas rentrer à la maison, dit Victor, je te ferai voir le beau camion avec ses voitures dessus, c'est papy qui me l'a donné et maintenant il joue avec moi.

— Est-ce que je vais pouvoir approcher ma fille ? dit Isabelle.

— Bien sûr, dit Lucile et elles s'enlacèrent toutes les trois.

— Quel bonheur d'être enfin réunis, nous allons passer de bons moments ensemble !

— Moi, dit Clémentine, je dois encore travailler deux semaines mais je vais déléguer pas mal de travail à mes collègues pour avoir un peu plus de disponibilités. Mon patron va bientôt prendre sa retraite et il veut que je prenne la direction de son entreprise. C'est lui qui me reproche de faire trop d'heures. Pendant ces deux semaines, je n'irai travailler que le matin, je vais prendre tous mes après-midi, ça me permettra d'être un peu plus avec ma petite sœur, je suis sûre que nous allons bien nous entendre toutes les deux.

— Depuis le temps que j'attendais que papa rencontre une femme digne de lui, mais là, il m'a bluffée, je le souhaitais mais j'appréhendais d'avoir une belle-mère qui ne l'aurait pas rendu heureux et qui ne m'aurait pas supporté. Cela valait la peine d'attendre, et de nouveau elles s'embrassèrent.

Pierre avait commencé à allumer le barbecue et Claude commençait à préparer les grillades.

— Il va falloir penser à l'apéro, dirent-ils en chœur.

Isabelle et Clémentine partirent à la cuisine préparer les amuse-bouche tandis que Lucile était avec Clara qui lui parlait de son école, de sa maîtresse et qu'elle allait sauter une classe à la rentrée prochaine.

— Dis donc, tu travailles aussi bien que moi.

— Mamie m'a beaucoup parlé de toi et je lui ai promis que je travaillerais dur s'il le faut car je veux faire aussi bien que toi.

— Cela me fait vraiment plaisir que tu prennes modèle sur moi.

— Tu sais, dit Clara, maman a eu son bac à seize ans, alors je n'ai pas le droit de la décevoir, surtout qu'elle n'avait pas de parents, elle.

La table fut installée dehors, il faisait un temps magnifique et fin juin, les jours étaient longs. Ce pique-nique était une réussite totale, tout le monde se régalait avec les grillades que Claude surveillait comme le lait sur le feu. Clara alla même féliciter son père pour les blancs de poulet cuits sur la braise comme le reste du repas. En passant à côté de Lucile, elle lui tendit sa joue pour lui faire une bise et lui dit :

— Tu ne m'en veux pas que je dise toujours « papa » ?

— Mais non, dit Lucile, notre papa a un cœur gros comme ça, et il y a de la place pour nous trois.

Lucile fit le tour de la table pour embrasser tout le monde et leur montrer sa joie. Quand elle arriva à son père et Clémentine, elle mit sa tête entre les leurs en leur faisant des bises à chacun. Clémentine lui dit :

— Regarde la bague que j'ai au doigt, nous n'avons pas eu encore le temps de t'en parler mais nous sommes déjà fiancés.

— Oh, que je suis contente pour vous deux, mais papa ne compte pas qu'après le mariage j'appelle Clémentine ma belle-maman, car je veux qu'elle reste ma grande sœur.

— Moi aussi, dit Clem.

Vers 22 h 30, Pierre dit :

— Les enfants ont sommeil, je pense qu'il serait sage que tout le monde aille se coucher, demain nous passons la journée ensemble. Lucile doit être fatiguée de son voyage et demain elle nous racontera son année en Autriche.

Claude avait porté les valises de Lucile dans sa chambre chez Pierre et Isabelle.

Lorsque Claude et Clémentine furent partis avec les enfants, Pierre alla se coucher.

Isabelle et Lucile restèrent encore une heure ensemble à parler de leurs retrouvailles et de l'accueil que Clémentine avait fait à Lucile.

— Je suis sûre que je vais bien m'entendre avec elle, je suis heureuse de voir leur bonheur et les enfants sont bien élevés. Je suis surprise du niveau de Clara.

— Tu étais comme elle à son âge et tu es son modèle.

— Oui, elle me l'a dit, elle veut faire aussi bien que moi et elle est sur le bon chemin.

— Tu dois être fatiguée ma chérie, va te coucher, tu n'as pas à ouvrir tes valises ce soir, nous verrons ça lundi, tu as tout ce qu'il te faut sur ton lit pour la nuit et pour t'habiller demain.

Elle embrassa Isabelle en lui disant « bonne nuit, maman », et en rentrant dans sa chambre, elle découvrit sur le lit un très beau pyjama, des sous-vêtements neufs et une belle robe d'été. Il y avait aussi un short et un débardeur.

Lucile était fatiguée, l'avion de Vienne à Orly puis le bus jusqu'à Montparnasse, ensuite plus de deux heures de train avec deux grosses valises et enfin la réception plutôt mouvementée en son honneur par sa famille. Elle se coucha et s'endormit presque aussitôt.

Vers 9 heures, le dimanche matin, elle venait juste de se réveiller, quelqu'un frappait à la porte de sa chambre.

— Rentre, maman, dit-elle.

— Mais ce n'est pas maman, dit Claude en poussant la porte. Comment vas-tu ce matin ?

— Je viens juste de me réveiller, je vais bien et je suis heureuse pour toi d'avoir rencontré Clémentine qui t'apporte tant de bonheur. Je le lis sur ton visage.

— Oui, il y a quatre mois, nous ne nous connaissions pas, enfin je l'avais aperçue et trouvée très belle mais elle était tellement discrète que je ne savais même pas qu'elle élevait ses enfants seule. Je pense que nous avons eu un coup de foudre et là nous sommes sur un petit nuage, nous parlons beaucoup et apprenons à nous connaître, je n'ai jamais connu un tel bonheur.

— Je suis heureuse pour toi, tu mérites toi aussi de vivre une vie plus sereine que ce que tu as connu. Tu as attendu quatre ans mais je pense que ça valait la peine d'attendre. Heureusement que je ne continue pas à l'étranger, Bordeaux est pratique avec le TGV, je pourrai rentrer tous les week-ends, j'ai envie de vivre un peu avec vous et les enfants qui sont adorables.

— Allez, dit Claude, viens prendre ton petit-déjeuner, il y a quelqu'un qui t'attend en bas !

Lorsqu'elle pénétra dans la salle à manger, elle fut surprise de trouver Clara et Victor qui l'attendaient pour déjeuner.

— Non, là c'est trop, dit-elle en allant embrasser sa sœur et son petit frère qui étaient contents de la voir.

Clara lui dit :

— Il est beau ton pyjama, tu sais, j'ai le même, c'est mamie qui me l'a offert et elle m'avait dit que tu avais le même que moi.

— Si je comprends bien, dit Lucile, ici c'est la maison des grands-parents, je préfère dire la maison familiale.

— C'est ce que je me disais hier soir, dit Pierre en remontant de la cave avec une bouteille de champagne pour le midi. De deux personnes dans cette grande maison, nous nous retrouvons à sept. Ton absence d'un an nous a beaucoup pesé, mais depuis trois mois, il y a maintenant de l'animation. Tu sais que ton père a construit un portillon pour que les enfants passent d'une maison à l'autre sans passer par la rue.

— Je déjeune, puis je prends ma douche et m'habille, j'ai hâte que papa me fasse visiter, cela doit être pratique.

Dès qu'elle fut prête, elle ramena les enfants chez Clémentine où les amoureux les attendaient. Elle embrassa Clémentine et son papa de nouveau. Clémentine lui fit visiter la maison puis Claude l'amena au fameux portillon dont Isabelle lui avait parlé au téléphone. Elle voulut revoir sa chambre où son père lui dit :

— J'ai sorti ton carton de jouets pour Clara et Victor la première fois qu'ils sont venus ici et maintenant quand il ne fait pas beau pour rester dans le jardin, ils viennent dans ta chambre pour jouer.

— Je pense qu'il y a toujours les petites voitures car mon parrain aimait bien m'en offrir, ce qui faisait râler maman Isabelle. Ils sont mignons car ils rangent tous les jouets avant de repartir.

Vers 11 heures, Clémentine avait laissé les enfants à Claude et Lucile pour aller aider Isabelle à préparer le repas et mettre la table.

En prenant l'apéritif, Pierre demanda à Lucile :

— As-tu visité la maison de Clémentine ?

— Oui, dit-elle, elle est très agréable, je pense que quand je serai prête à m'installer, cette maison ne sera plus libre car je suppose qu'après les vacances vous allez aller vivre chez papa.

— Rassure-toi, lui dit-il, nous avons rendez-vous chez le notaire jeudi soir et si tout se passe bien, cette maison sera la tienne, avec la seule condition que tu gardes la locataire qui l'habite en ce moment et que tu ne lui réclames pas de loyer. Ton père se chargera de l'entretenir, c'est déjà lui qui passe la tondeuse. Cette tondeuse a une histoire, car c'est son bruit qui a attiré ton père.

— Pour moi, je pense plutôt que c'est la personne qui la poussait qui l'attirait.

— Isabelle et moi, nous sommes les grands gagnants car nous avons deux petits enfants adorables, la première fois qu'ils nous ont appelés papy et mamie, nous avons pleuré de joie. Tu pars en laissant un couple sans enfants et heureusement que ton père était là, et quand tu reviens neuf mois après, tu te retrouves dans une famille nombreuse, elle n'est pas belle la vie ! Je reviens sur l'achat de cette maison, Clémentine qui est expert-comptable m'a conseillé sur la façon de procéder, elle te donnera les détails quand il faudra. Moi je suis avocat et j'ignorais les avantages qui existaient dans ce genre de transaction.

Lucile s'était déjà levée pour embrasser son parrain et bien sûr maman Isabelle. En passant près de Clémentine, elle lui fit la bise et lui dit :

— Lorsque tu m'as fait visiter la maison tout à l'heure, tu ne m'as rien dit et tu étais au courant, et toi papa, que me caches-tu ?

— Moi, pas grand-chose à part le portillon qui servira à communiquer avec toi quand tu habiteras la maison.

Tout le monde se mit à rire.

— Allez, passons à table, dit Isabelle, le repas va refroidir, en entrée melon et jambon de parme, ensuite gigot et flageolets et pour finir, clafoutis aux cerises.

— Enfin un repas à la française, dit Lucile, je pense que c'est ce qui m'a le plus manqué en Autriche, après vous bien sûr.

Les repas se déroulaient toujours dans la plus grande simplicité avec une cuisine de bon goût. Isabelle et Clémentine étaient de très bonnes cuisinières et Claude savait lui aussi préparer de bons repas.

Tout le monde alla s'installer dans le salon, les deux hommes avec un verre de cognac, du Xo, qu'ils consommaient avec modération.

Victor avait sommeil, alors Lucile lui proposa de le mettre dans son lit pour une petite sieste, ce qu'il accepta avec plaisir à la surprise de tout le monde. Arrivé dans la chambre, il lui dit :

— Tu sais, j'ai déjà dormi dans ton lit, un jour on était venus pour jouer avec Clara et quand on était fatigués, on s'est couchés et c'est maman qui nous a réveillés longtemps après. Tu me fais un câlin avant de partir ?

— Oh oui, bien sûr !

Il ne lui fallut pas plus de cinq minutes pour s'endormir. Lucile retourna dans le salon pour parler de son année en Autriche.

— La famille qui m'hébergeait était très gentille. C'était un couple d'avocats avec deux filles. L'aînée était professeur des écoles, elle a vingt-cinq ans et la seconde, Katia, âgée de vingt et un ans, travaillait avec moi. Nous nous sommes entendues dès le premier jour, elle parlait très bien le français et cela m'a permis de perfectionner mon allemand que je ne maîtrise pas très bien. Nous étions dans la même section de cours. Son papa m'avait félicitée d'avoir une année d'avance. En faculté de droit, la discipline est très rigoureuse, ce qui permet de bien travailler dans le calme. En plus, le papa nous aidait beaucoup à la maison. L'aînée était mariée et avait un petit garçon de deux ans adorable, ils venaient passer presque tous les week-ends chez les parents et Katia était la marraine, nous allions souvent le promener toutes les deux. Lorsque je suis rentrée de France, à partir du mois de janvier, nous sommes allés plusieurs fois faire du ski. Le couple laissait le petit à la grand-mère qui se faisait une joie de le garder et ils nous emmenaient Katia et moi. Le mari de sa sœur avait une bonne situation, il était ingénieur. En principe, nous partions le samedi matin dans une petite station de ski située à vingt-cinq kilomètres de chez les parents et nous rentrions le dimanche soir. Au printemps nous sommes allés plusieurs fois à la maison de campagne des parents de Katia, son papa adorait la pêche, c'était à quarante kilomètres de la résidence principale, nous partions le vendredi soir, c'était une petite ferme sur le bord du Danube et lorsque la pêche avait été bonne, nous nous régalions de poissons grillés au barbecue.

De septembre jusqu'aux vacances de Noël, nous avions chacune notre chambre mais déjà au bout d'un mois, elle venait dormir avec moi car nous pouvions discuter jusqu'à minuit ou une heure du matin, aussi, quand je suis revenue en janvier, elle a dit à ses parents que c'était ridicule de faire chambre à part puisque nous dormions ensemble et que ça nous permettait de travailler mieux. C'est avec Katia que je devais aller passer une semaine sur le Danube. Elle a été un peu déçue mais elle a très bien compris mon désir de rentrer car elle était au courant des aventures de mon papa chéri. D'ailleurs, vous la rencontrerez car elle viendra passer une semaine avec moi en fin d'année et si tout va bien, à la rentrée de septembre l'année prochaine, elle viendra à Bordeaux, son papa est en train de préparer son dossier. Elle maîtrise bien le français et du fait qu'ils ont accepté une Française là-bas, il ne doit pas y avoir de problèmes pour la réciproque.

— Nous l'accueillerons avec plaisir, tu as ta chambre ici, une autre chez ton père et en plus tu auras ta maison, dit Isabelle.

— Pour l'instant j'ai du mal à m'imaginer vivre seule dans cette grande maison.

— Dis-moi, il n'y a que des filles en Autriche ? demanda Pierre avec un petit sourire.

— Cela m'aurait étonnée que tu ne poses pas cette question, Pierre, elle n'est pas obligée de te dire tout ce qu'elle fait.

— Cela ne me gêne pas d'en parler, dit-elle. D'ailleurs, les garçons d'ici auraient beaucoup de choses à apprendre des garçons autrichiens. Dans les quartiers que nous fréquentions Katia et moi avec souvent deux autres filles qui venaient nous rejoindre, les garçons qui se conduisaient mal étaient soit des Parisiens, soit des Italiens, mais dans l'ensemble, nous n'avons jamais eu de problèmes. La maman de Katia est Alsacienne, elle parle couramment le français et l'allemand, voilà, mon cher parrain, pour te rassurer de ma conduite. Je peux dire que j'ai passé une année merveilleuse malgré le manque de vous tous. Je me prépare déjà pour la rentrée à Bordeaux en septembre où cela sera beaucoup plus agité en fac mais avant, j'ai hâte d'être en vacances en Corse avec vous, et je pense que les trois semaines où papa, Clémentine et les enfants nous rejoindront, nous aurons de belles choses à voir et à faire.

— Nous avons deux semaines, dit Isabelle, pour préparer notre départ. Je pense que nous irons toutes les trois à Bordeaux mercredi, si Clémentine peut se libérer à midi. C'est moi qui vous emmène faire des emplettes pour les vacances, je pense que nous trouverons là-bas tout ce dont nous avons besoin. Claude, lui, se fera un plaisir de garder les enfants.

— Pas de soucis, dit-il, j'ai seulement besoin de passer quelques moments avec ma fille demain, si elle peut venir me rejoindre vers 10 heures, ensuite elle déjeunera avec nous puisque Clémentine arrivera à midi. Cette semaine, elles pourront passer l'après-midi ensemble.

— Moi, dit Pierre, je récupère Lucile jeudi matin pour aller chez le notaire ensuite elle aura quartier libre.

— Papa, avant de venir te rejoindre demain matin, je dois défaire mes valises avec Isabelle, car j'ai des vêtements d'hiver à nettoyer avant de les ranger.

La semaine passa très vite, le mercredi soir, les femmes rentraient de Bordeaux, comblées des achats effectués mais bien fatiguées, et le dimanche tout le monde déjeuna chez Clémentine. Pierre offrit le champagne pour arroser l'acquisition de la maison pour sa filleule. Tout se déroulait comme prévu.

CHAPITRE 18

La semaine suivante, il fallait préparer les valises pour le départ en Corse de Pierre, Isabelle et Lucile.

Cette année, ils partaient en voiture car Isabelle avait acheté pas mal de choses qu'il fallait renouveler dans leur maison de vacances.

Ensuite, ce fut au tour de Clémentine et Claude de se préparer à les rejoindre. Les enfants étaient excités, surtout Clara qui avait hâte de revoir sa grande sœur et surtout de faire son premier voyage en avion. C'était aussi un baptême de l'air pour Clémentine. Claude avait prévu de louer une voiture en Corse. Le 15 juillet à midi, l'avion décolla de Mérignac, une heure plus tard, ils atterrissaient à Ajaccio où Claude prit possession de la voiture de location. Vers 16 h 30, ils arrivaient chez papy et mamie où ils étaient attendus avec impatience. Vive les vacances !

Le reste de la soirée fut consacré au rangement des valises et aux récits de leur voyage. Pour Pierre, il avait mis deux jours alors que Claude était parti ce matin même à 8 heures et était arrivé à 16 heures.

Le soir, un barbecue les attendait pour fêter leur arrivée et surtout planifier le programme de la semaine. C'était simple, libre le matin et plage les après-midi. Le jeudi, Claude, Clémentine et les enfants avaient prévu d'emmener Lucile avec eux chez Monique. Cette dernière avait insisté pour rencontrer la fille de Claude.

Monique les reçut avec bonheur, cela faisait deux ans qu'elles ne s'étaient pas vues, bien qu'elle soit au courant des bouleversements survenus dans la vie de Clémentine. Elle l'a trouvée plus gaie, épanouie et Clara qui n'arrêtait pas de vanter son papa.

— À voir les enfants, dit Monique, j'ai l'impression qu'ils ont un vrai papa depuis leur naissance. Vous devez être un papa poule.
— J'adore les enfants et ils me le rendent bien. Ils m'ont d'ailleurs accepté avant leur maman.

Clémentine raconta à Monique que grâce à Claude, dont le meilleur ami était avocat, le divorce avait été vite réglé et que c'est chez eux qu'ils étaient en vacances.
— Des vrais parents pour moi, les enfants les appellent papy et mamie, ils n'ont pas d'enfants.
— À part moi, dit Lucile, je vis avec eux depuis l'âge de dix ans.

La fille de Monique les rejoignit dans l'après-midi avec la petite qui avait l'âge de Victor. Bien sûr, Monique prit des nouvelles de son patron et de ses collègues et elle félicita Clémentine de l'avoir remplacée au poste de responsable. En fin de journée, ils repartirent chez Pierre qui était à cinq kilomètres de chez son amie. Lorsqu'elle embrassa Clémentine, elle lui dit qu'elle était heureuse pour elle et que le bonheur se lisait sur son visage.
— Jeudi prochain, c'est toi qui viens passer la journée avec nous chez Pierre, dit Clémentine.

Les après-midi à la plage passaient vite. Claude apprenait à nager à Clémentine, et Lucile apprenait à Clara. Victor, lui, pataugeait avec Isabelle ou faisait des châteaux de sable avec son papy.

Claude et Clémentine ne partirent que deux fois à la campagne, mais plutôt en montagne mais elle trouvait les routes dangereuses même si Claude était un conducteur prudent et exemplaire. Elle préférait partager des moments privilégiés avec Lucile qui se confiait à elle.

Les trois semaines passèrent très vite, Monique était venue le jeudi de la deuxième semaine avec eux et avait fait connaissance avec Pierre et Isabelle.

Au moment du départ de Claude, Clem et les enfants, Lucile était triste de les voir partir mais elle se rassura en pensant que dès leur retour à Angoulême, il lui resterait encore au moins trois semaines pour profiter d'eux avant la rentrée scolaire.

Le retour s'effectua comme à l'aller, l'attente avant le décollage est ce qui parut le plus long aux enfants. En arrivant à Mérignac, ils reprirent la voiture pour rentrer chez eux.

— Dis papa, j'espère qu'on y retournera l'année prochaine car c'était trop bien la plage, surtout maintenant que je sais nager grâce à Lucile.

— Et moi, dit Victor, j'ai fait plein de châteaux de sable avec papy.

Une semaine plus tard, tout le monde était de retour. La vie reprit son cours normal, Lucile allait d'une maison à l'autre mais toujours avec Clara qui ne la quittait pas.

Il fallait préparer la rentrée des classes qui était plutôt bien acceptée par les enfants.

Le jour de la rentrée, Lucile et Clémentine accompagnèrent les enfants à l'école. Elle dit à Marie :

— Il est possible que je vienne seule quelquefois pour les chercher.

— Pas de souci, dit la maîtresse, je vous reconnais, vous êtes déjà venue avec Claude au mois de juin.

Claude et Clémentine profitèrent de la présence de Lucile pour déménager dans la maison de Claude. En même temps, ils aménagèrent celle de Lucile.

— Quand je serai prête à l'habiter, leur dit-elle, si certains meubles ne me plaisent pas, je les changerai. Pour l'instant, je n'ai pas l'intention de dormir là toute seule, déjà que ce n'est pas facile de gérer avec les deux autres maisons. Je pense, papa, que vous faites une erreur d'aller habiter chez toi, à moins que Clem ne veuille plus voir la maison, c'est quand même plus facile d'aller chez mon parrain si vous restez ici et tu as le portillon pour aller à ton jardin.

— Moi, dit Clem, je veux surtout faire plaisir à Claude, le bonheur que je vis en ce moment c'est grâce à lui alors dans l'une ou l'autre maison cela m'est égal, elles sont identiques.

— Je pense que tu as raison, dit Claude, et le jour où tu voudras récupérer ta maison, tu choisiras ta préférée. Dans ce cas, nous allons faire le déménagement dans le sens inverse, moi je n'ai pas grand-chose à récupérer mis à part mes vêtements et peut-être mon bureau pour toi, tu vois avec Clémentine.

Le samedi, le déménagement eut lieu. Pierre aida Claude pour le transport des meubles, à midi tout était terminé. Isabelle avait gardé les enfants avec elle tout en préparant le repas. Elle remercia Lucile d'avoir eu cette bonne idée.

— Ce sera plus facile pour moi pour aller chercher les enfants ou les raccompagner, ça m'évitera de traverser deux jardins.

— Que nous as-tu préparé qui sent si bon ? dit Claude.

— Un repas spécial déménageurs, blanquette de veau avec du riz et des carottes nouvelles, mais demain je vous avertis, c'est vous, messieurs, qui préparerez le repas.

— Bon d'accord, j'ai compris, dit Pierre, moi j'allumerai le barbecue, toi Claude tu feras le reste, on ne change pas une équipe qui gagne.

CHAPITRE 19

Le dimanche, comme convenu, Pierre alluma le barbecue tandis que Claude gérait les viandes et que les femmes mettaient la table.

— Nous buvons le champagne aujourd'hui, dit Pierre. J'ai une annonce à vous faire. Assieds-toi, Clémentine, car elle te concerne, je ne pouvais pas la faire sans la présence de Lucile qui est au courant, bien sûr. Ton nom de jeune fille n'est pas ton vrai nom, donc nous tenons avec Isabelle à te donner le nôtre, c'est-à-dire t'affilier, quand nous disparaîtrons, je n'ai pas envie que nos biens reviennent à l'État, aussi, c'est toi qui en seras l'héritière avec tes deux enfants. Tu vois, Claude, je t'avais bien dit de ressortir la boîte de mouchoirs.

Clémentine pleurait tellement qu'elle ne pouvait prononcer une parole.

— Ce n'est pas possible, dit-elle enfin, je ne peux pas accepter, il y a Lucile, c'est à elle que cela revient.

— Non, dit Pierre, tu as vu comme c'est difficile de faire une donation, ce que cela peut coûter pour l'acquéreur, dans la plupart des cas, la personne qui reçoit est obligée de vendre le bien pour payer les frais, et tu ne vas pas porter mon nom bien longtemps si vous vous mariez avant Noël. Alors dans une quinzaine de jours, nous irons chez le notaire signer les papiers.

Elle réussit à se lever en tremblant et vint prendre Pierre dans ses bras puis elle embrassa Isabelle. Lucile l'embrassa à son tour et lui dit :

— Tu vois maintenant, nous sommes de vraies sœurs.

— Vous ne vous imaginez pas tout ce que représentent pour nous ces deux gamins.

— Si, dit Claude, à ce sujet, je pense que tu auras un petit coin dans ton jardin pour que je fasse livrer du sable et je vais prévoir deux petits seaux et pelles pour Victor et toi, car en revenant de Corse, Victor n'arrêtait pas de dire « il est gentil papy, on a fait plein de châteaux dans le sable ».

— Tu ferais mieux de faire cuire tes grillades, dit Pierre, tout le monde a faim.

Ce repas se déroula une fois de plus dans la bonne humeur.

Pendant les trois semaines qui suivirent, Lucile alla tous les soirs à l'école soit avec son père, soit avec Clémentine pour chercher les enfants. Clara donnait toujours la main à Lucile et lui racontait sa journée.

Trois semaines plus tard, c'était à Lucile de faire sa rentrée à Bordeaux en fac où elle commençait sa cinquième année de droit.

Elle logeait dans un studio qui appartenait à Pierre, et elle espérait retrouver son amie qui était avec elle deux ans plus tôt. Elles s'étaient donné rendez-vous au pied de l'immeuble et Julie était arrivée une heure avant elle. Heureuse de se retrouver, Julie avait effectué sa quatrième année en Angleterre. Elles suivaient la même branche en droit pour devenir avocates. Cette fille était une bûcheuse comme elle, elle habitait Clermont-Ferrand, aussi, un week-end sur deux, elle venait avec Lucile à Angoulême.

Tous les samedis matin, Pierre, entre 11 heures et midi, prenait plaisir à les questionner pour savoir où elles en étaient et pour leur donner des conseils.

En fin d'année, c'est Katia qui était venue passer dix jours avec son amie.

À Noël, un sapin chez Pierre, un autre chez Claude et bien sûr une pluie de cadeaux, même pour Katia.

Claude jubilait. Il avait mis dans un grand carton deux seaux de plage avec des pelles et le carton était destiné à Pierre, dans le fond du carton, il y avait aussi une bouteille de cognac Xo.

En janvier, tous reprenaient le chemin de l'école ou du boulot.

CHAPITRE 20

Fin avril, un soir vers 17 heures, Clémentine reçut un appel téléphonique d'une inconnue.

— *Excusez-moi de vous déranger, je me prénomme Amandine, je recherche une sœur qui se prénomme Clémentine.*

— Je n'ai pas de sœur, moi, je suis orpheline.

— *C'est pour ça que je vous appelle, cette sœur a eu trente-trois ans le 12 juin dernier et j'en ai eu vingt-cinq le même jour. C'est ce jour-là que j'ai appris que j'avais une sœur qui a été abandonnée à la naissance. J'aimerais vous rencontrer pour en parler avec vous, pour l'instant, mes parents ne sont pas au courant de ma démarche. J'habite à La Couronne, acceptez-vous de me voir ?*

— Je suis tellement surprise, dit Clémentine, mais j'accepte la rencontre. Venez chez moi demain après-midi, je vous donne mon adresse.

— *D'accord, dit Amandine, je suis en fac de médecine à Bordeaux et tous les week-ends, je rentre chez mes parents. À demain, Clémentine.*

Aussitôt, Clémentine appela Claude et lui raconta ce qu'elle venait d'apprendre et que le lendemain, elles se rencontreraient.

Leur mariage n'avait pas pu avoir lieu avant Noël et il était repoussé à la mi-mai, dans trois semaines.

Clémentine ne dormit pas de la nuit, découvrir une sœur à trente-trois ans…

Le samedi à 14h30, la sonnerie retentit, Claude alla ouvrir la porte, lorsqu'il vit Amandine, il faillit reculer, Clémentine le suivait, elle aussi fut surprise de la ressemblance. C'était son clone. Déjà, ses doutes s'estompèrent. Amandine eut la même surprise.

— On a au moins un point en commun, c'est notre ressemblance.

Ils la firent entrer et Clémentine lui dit :

— Si tu veux bien, nous allons nous tutoyer, je pense que ce sera plus facile.

— Voilà, dit Amandine, il est préférable que je commence avant ta naissance. Mon père est médecin, il a pris un cabinet médical à vingt-neuf ans à La Couronne. Il s'est marié et sa femme était sa secrétaire, mais elle était très jalouse, allant même jusqu'à sélectionner les patientes. Bref, les femmes jeunes et jolies ne pouvaient plus prendre rendez-vous. Au bout de trois ans, il a voulu que sa femme reprenne son emploi d'infirmière, ce qu'elle a refusé, mais il l'a remplacée par une secrétaire médicale qui lui donnait entière satisfaction. Sa femme était dépressive et elle faisait deux cures par an aux frais de son mari.

Le couple ne fonctionnait plus et mon père est devenu l'amant de sa nouvelle secrétaire, quatre mois plus tard, cette dernière tombait enceinte. Elle voulut faire une IVG, ce qu'il refusa et lui promit qu'il allait divorcer et que c'était leur enfant.

Sa femme qui avait accepté de divorcer se rétracta deux mois plus tard. Quand sa secrétaire a accouché, sa femme, elle, était en cure.

C'est lui qui deux jours après la naissance est allé déposer le bébé devant le couvent car il savait qu'une sœur venait chercher le journal dans la boîte aux lettres à 7 heures.

Cette petite fille était bien habillée et déposée dans un beau panier avec un bracelet en tissu sur lequel était écrit *Clémentine – 12 juin*. Moi, je ne connais pas la suite pour le bébé mais quatre ans plus tard, sa femme est morte dans un accident de voiture car elle était ivre. Mon père était toujours avec sa secrétaire malgré les querelles qu'ils avaient au sujet de l'abandon de l'enfant. Ma mère avait vingt-cinq ans quand Clémentine est née, elle a aujourd'hui cinquante-huit ans mais on lui en donnerait dix de plus. Moi, je suis née huit ans après. Lorsqu'ils m'ont fêté mes quinze ans, je me souviens que papa pleurait et pour mes vingt ans également. Je ne comprenais pas les raisons de son mal-être.

L'an dernier, pour mes vingt-cinq ans, il a fait un malaise cardiaque et en attendant le Samu, je lui ai fait un massage cardiaque, ce qui l'a sauvé. En arrivant à l'hôpital, il m'a reproché de l'avoir sauvé. « Tu aurais dû me laisser mourir », me dit-il. « J'ai fait mon devoir de médecin, je suis en septième année de médecine, je n'allais pas te laisser mourir, par contre il va falloir que tu m'expliques la raison de ton désespoir », « C'est trop compliqué, me dit-il, je ne peux pas t'en parler, mais ta mère le fera, j'en suis sûr. »

Lorsque je suis rentrée à la maison, ma mère m'a demandé des nouvelles. Je l'ai tout d'abord rassurée puis je lui ai demandé pourquoi il souhaitait mourir.

« Cela fait trente-trois ans que nous gardons un secret qui nous ronge, s'il m'avait écoutée, nous n'en serions pas là, je voulais quitter son cabinet médical et partir avec ma fille. J'aurais trouvé un emploi ailleurs et nous aurions pu nous retrouver plus tard. Je te demande de ne pas chercher à retrouver ta sœur car je ne pourrai jamais la regarder en face, j'ai bien trop honte de ce que nous avons fait. »

Amandine n'en pouvait plus, elle s'effondra dans les bras de Clémentine. Elles restèrent, un long moment, enlacées jusqu'à ce que Lucile pénètre dans la pièce, elles l'entendirent et se séparèrent à ce moment-là. Lucile resta comme clouée au sol tant la ressemblance entre les sœurs était grande. Il ne pouvait y avoir de doute.

Elles étaient coiffées de la même façon, la même couleur de cheveux et elles étaient habillées similairement. Claude qui avait suivi Lucile rentrait au moment où elle se demandait si sa vue n'avait pas un problème.

— Alors, dit Claude, je crois que l'on ne peut plus avoir de doute, vous êtes de vraies sœurs.

— Tu ne peux pas savoir comme j'en veux aux parents, surtout à papa, car il a pris sa décision tout seul et a prétendu pouvoir te récupérer plus tard.

— Je ne sais pas si j'ai envie de les voir et de les connaître, enfin pour l'instant, j'ai besoin de me remettre de mes émotions. En ce qui te concerne, Amandine, je tiens à te revoir et à créer un lien très fort, et un jour je te raconterai ma vie. Tu sais, il y a eu des hauts et des bas, des bons et des très mauvais moments. Nous nous marions dans trois semaines avec Claude, ça fait presque un an que nous nous fréquentons. J'ai deux enfants, tiens, les voilà, Clara, sept ans et Victor bientôt quatre ans.

Les enfants, très étonnés de cette ressemblance, ne savaient plus s'ils devaient avancer ou repartir en courant, quant à Claude, il serrait sa fille dans ses bras et dit à sa belle-sœur :

— C'est ma fille.

— Les enfants, venez embrasser votre tata, dit Clémentine.

Amandine reprit :

— Donc depuis le 12 juin, je cherchais une Clémentine mais sans nom de famille, puisque les enfants trouvés sont nommés par je ne sais quel service. J'ai aussi cherché sur internet dans le département et ceux limitrophes, je n'avais que la date de naissance. Ma troisième tentative a été la bonne. J'ai découvert une Clémentine avec une adresse à Angoulême et c'était toi. Déjà, il y a un mois, j'avais vu une Clémentine dans le nord du département qui allait épouser un Robert, j'avais téléphoné mais cette fille avait vingt-huit ans donc je lui ai présenté des excuses et j'ai continué à chercher. Je crois que j'ai eu raison de persister, je suis heureuse que tu acceptes que nous ayons des relations. Comme je te l'ai dit, pour le moment, les parents ne sont pas au courant car ils savent qu'ils sont impardonnables. Mais si tu me le permets, je vais quand même leur dire que je t'ai trouvée sans donner de détails. Il faut qu'ils assument leur responsabilité.

— Moi, dit Clémentine, j'aurai d'autant plus de mal à leur pardonner vu la situation qu'ils avaient, lui médecin, elle secrétaire médicale, ils avaient les moyens financiers de me faire élever dignement. Je pense que j'aurais pu pardonner plus facilement s'ils avaient été dans la misère.

— Malheureusement, beaucoup d'abandons proviennent de relations illégitimes avec de gros moyens financiers mais dont la honte pour leur famille est insupportable.

— Je te remercie, Amandine, d'avoir fait cette démarche, je comprends que tu aies eu envie de retrouver cette sœur. Moi je viens d'en avoir une, depuis bientôt un an, c'est Lucile la fille de Claude. Elle me considère comme sa sœur et non comme sa belle-mère. J'ai une très longue histoire à te raconter, mais cette dernière année n'a été que du bonheur pour moi grâce à Claude. Il faut que nous nous revoyions très vite, déjà, tu es invitée à notre mariage dans trois semaines. Mais avant, il faudra que tu connaisses ma vie depuis mon abandon à aujourd'hui. Si tu n'es pas pressée de rentrer, nous allons prendre l'apéritif avec mes parents, tu veux bien aller les chercher, Claude ? En attendant, je vais expliquer à Amandine pourquoi je les appelle « mes parents ». Ce couple qui n'a pas d'enfants, ce sont les meilleurs amis de Claude, ce sont eux qui ont élevé sa fille depuis l'âge de dix ans. Pierre est avocat et c'est lui qui s'est chargé de mon divorce au printemps dernier. Ce sont des gens formidables et les enfants les appellent papy et mamie. L'été dernier, je suis partie pour la première fois en vacances en Corse où ils ont une maison.

Tiens, nous allons nous mettre côte à côte si tu veux bien, et toi Lucile, prends-les en photo quand ils vont arriver. J'espère que Claude ne leur a rien dit.

Dix minutes plus tard, Claude donna un coup de sonnette et fit entrer ses amis devant lui.

Lorsqu'ils virent les deux sœurs, ils étaient sidérés, Lucile prit la photo et dit :

— Celle-là sera à mettre sur le buffet de la salle à manger chez toi, maman Isabelle.

— Je vous avais caché mes talents de magicienne, je peux faire apparaître mon double, mais rassurez-vous, elle ne va pas disparaître. Voici ma sœur, elle a vingt-six ans, nous sommes nées le même jour mais avec sept ans d'écart. Elle me recherche depuis un an, depuis que nos parents lui ont dit que j'existais. Enfin, je préfère dire « ses parents » car je ne suis pas prête à leur pardonner, et ne sais pas si je le pourrai un jour. Ma sœur bien sûr n'y est pour rien et c'est pour ça que je veux vous la faire connaître et l'accepter dans ma nouvelle famille.

— Je pense, dit Pierre, qu'il serait difficile de cacher que vous êtes sœurs, je dirais que c'est ton clone. Eh bien, bienvenue dans la famille, si c'est le souhait de Clémentine, c'est aussi le nôtre.

— Ma sœur se prénomme Amandine, demain, nous faisons le repas du dimanche chez nous, j'espère que tu pourras te libérer pour venir déjeuner avec nous. Tous les dimanches, nous nous réunissons soit chez Pierre, soit chez nous.

— Tu seras la bienvenue aussi chez nous, ajouta Isabelle. Nous n'avons pas d'enfants mais nous avons Lucile depuis dix ans, elle vient de faire une année en Autriche et elle nous a manqué. Cette année, elle est en fac à Bordeaux, elle rentre tous les vendredis soir, par le train.

— Moi, dit Amandine, je rentre aussi mais en voiture. Ce n'est pas régulier, c'est soit le jeudi, le vendredi ou même le samedi suivant les tours de garde que je prends. Pour demain, j'accepte votre invitation, je vais prévenir mes parents que j'ai enfin retrouvé ma sœur et tant pis si cela les choque. Ils m'avaient interdit de faire des recherches, je ne suis plus en âge de leur obéir, surtout après la lâcheté qu'ils ont eu d'abandonner Clémentine alors qu'il y avait d'autres solutions. Je ne suis pas prête non plus à leur pardonner. Leur décision était ignoble.

— Calme-toi, dit Claude, on va prendre l'apéritif, ça va te changer les idées et j'ai une proposition à te faire, avec l'accord de ta sœur bien sûr. Si tu veux faire un break, ma maison est libre et elle communique avec celle-ci par un portillon qui sépare les deux jardins.

— Tu as une excellente idée, dit Clémentine, ce sera un plaisir de se voir davantage, nous avons tellement de choses à nous dire.

— Pour te détendre, dit Pierre, je vais te raconter l'histoire de ce portillon. C'est Claude qui l'a fait pour ramener les enfants de l'école chez leur mère, ça leur évitera de faire le tour par la grande rue. Il y avait un mois qu'ils se connaissaient et comme je venais d'engager le divorce, je leur ai dit d'être prudents, l'ex pouvait la faire surveiller, alors j'ai demandé à Claude de la protéger et il en a profité pour faire de la protection rapprochée et de très près même.

— Tu exagères, dit Isabelle.

— Ce n'est pas grave, dit Clémentine, Claude s'est vengé à Noël, Pierre a eu droit à un petit seau de plage avec sa pelle pour jouer au sable avec son petit-fils.

Ce qui déclencha un éclat de rire général.

— Ça fait du bien de rire, dit Amandine, il y a longtemps que je n'en avais pas eu l'occasion.

— Alors ma petite sœur, accepte la proposition de Claude, on peut te donner les clés dès ce soir, avant que tu partes on ira la visiter.

— J'ai bien envie d'accepter votre proposition, mais avant il faut me dire le montant du loyer car je n'ai pas un gros budget.

— Entre nous, dit Clémentine, c'est gratuit. C'est ton cadeau de bienvenue dans la famille.

— Vous êtes vraiment trop gentils, hier, on ne se connaissait pas et aujourd'hui je fais partie de la famille. Quand j'ai appelé hier, je craignais que tu me raccroches au nez, je tremblais comme une feuille.

— Les arguments que tu as avancés m'ont convaincue, la date de naissance, le panier et la boîte aux lettres du couvent…

L'atmosphère était vraiment détendue, Pierre avait toujours quelques vannes à lancer car il aimait bien taquiner Clémentine qui avait du répondant.

— Et si nous faisions une soirée pizza? Tu restes avec nous, Amandine?

— Je veux bien, dit-elle, au point où j'en suis, et cela me fait du bien de rire.

Pierre prit son téléphone et commanda trois pizzas à faire livrer chez Clémentine d'ici une heure.

— Nous avons le temps de visiter la maison pour Amandine.

Claude, Clémentine et sa sœur prirent des lampes frontales pour traverser les deux jardins et ils firent visiter la maison de Claude qui était meublée avec ce qu'ils n'avaient pas utilisé. Il y avait tout ce qu'il fallait pour l'habiter dès le lendemain. Amandine n'en revenait pas de trouver une maison aussi grande et bien meublée pour elle toute seule mise à sa disposition par son nouveau beau-frère.

— Je pense que je vais emménager dès demain, car ma rentrée ce soir chez les parents va certainement être très difficile, j'ai bien l'intention de leur dire où j'ai passé la soirée et de leur dire ce que j'ai sur le cœur. S'il n'avait pas fait un infarctus, le jour de notre anniversaire l'an dernier, je n'aurais rien su. Je suis contente de te voir heureuse, Clem, et j'ai hâte d'en savoir plus sur ta vie avant d'être avec Claude.

— Allons dîner, dit-il, demain c'est samedi et les enfants n'ont pas école, tu n'auras qu'à venir à l'heure du déjeuner demain. De toute façon, les week-ends que tu passeras ici, tu viendras prendre tes repas avec nous à la maison. Nous avons besoin de nous connaître.

— Je ne veux pas vous envahir, c'est déjà bien de me loger dans cette superbe maison, je ne veux pas être à vos crochets.

— Et, dit Claude, je suis sûr que tu vas devenir amie aussi avec ma fille. Elle a son permis de conduire mais elle ne veut pas de voiture pour l'instant.

De retour à la maison, les pizzas étaient déjà sur la table. Tout le monde se régala et en fin de repas, Amandine les remercia et prit la route pour rentrer chez ses parents, il n'y avait que huit kilomètres à faire.

— Tu as dîné ? lui demanda sa mère quand elle la vit revenir toute souriante. Tu pourrais au moins nous prévenir quand tu ne rentres pas dîner.

— Je n'ai plus d'ordre à recevoir de vous à mon âge et je vais vous faire plaisir en vous disant d'où je viens. J'ai passé l'après-midi avec ma sœur, mon beau-frère, leurs enfants et leurs parents. Ils m'ont invité à dîner et demain j'y retourne pour passer la journée avec eux, nous avons tellement de choses à nous dire avec Clémentine. Déjà, moi, je lui ai parlé de votre conduite quand elle est née et elle n'est pas prête à vous pardonner et peut-être jamais.

Maintenant, elle a trente-trois ans de sa vie à me livrer.

— Tais-toi, lui dit son père, je t'avais interdit de la rechercher, nous ne voulons rien savoir.

— Pourquoi ? lui répondit-elle. Cela va réveiller en vous des sentiments de parents ignobles, ingrats, lâches, je ne trouve pas de mots assez durs pour vous accabler de votre conduite. Un docteur qui avait une bonne situation qui fait un enfant à sa secrétaire et qui n'est même pas capable d'assumer ses responsabilités, juste capable d'aller déposer un panier sous une boîte aux lettres en espérant qu'une bonne sœur viendrait le récupérer. Tu oses encore te regarder dans la glace ?

— Cela suffit, dit sa mère, nous en avons assez entendu, nous payons depuis trente-trois ans l'erreur que nous avons commise.

— Vous appelez ça une erreur de déposer un nouveau-né comme un sac-poubelle devant la grille d'un couvent ?

Son père rouge de colère lui cria :

— Tu fais ta valise et tu pars, je ne veux plus te voir.

— Mais rassure-toi, lui dit-elle, j'avais prévu de vous quitter dès demain, mais je peux faire ma valise maintenant et partir d'ici une heure, c'est le temps qu'il me faut pour préparer mes affaires.

— Tu crois, lui dit-il, que je vais continuer à payer tes études, tu en as encore pour deux ans avant de bien gagner ta vie.

— Tu vois papa, si tu arrêtes de payer mes études, moi je peux aller à la gendarmerie pour raconter comment tu t'es conduit, il y a trente-trois ans. Chantage pour chantage, on verra lequel l'emportera.

Amandine partit dans sa chambre faire sa valise. Sa mère entra pour lui dire qu'elle pouvait coucher là cette nuit et attendre demain pour partir :

— Peut-être que ton père changera d'avis.

— Pas moi, lui dit Amandine, de toute façon, je fais mes valises maintenant.

Sa mère pleurait, et lui dit :

— J'espère que tu reviendras me voir de temps en temps, tu pourras toujours me téléphoner.

Amandine avait bouclé ses valises, il était déjà 23 heures.

— Je dors là, dit-elle, va te coucher, je partirai demain matin, je prendrai mon petit-déjeuner avec toi, bonne nuit.

Le lendemain à 8 heures, elle chargeait ses valises dans la voiture, elle revint à la cuisine où sa mère préparait le petit-déjeuner.

— Alors tu pars vraiment ? Dis-moi au moins où tu vas !

— Je vais habiter à côté de chez ma sœur, dans la maison de mon beau-frère qui est restée meublée. Ils ont emménagé chez Clémentine qui a deux superbes enfants, une fille de sept ans bientôt et un petit garçon de quatre ans, Claude, son compagnon, a une fille de vingt ans que Clémentine considère comme sa sœur. Au revoir maman, je te donnerai de mes nouvelles mais je n'ai pas envie de dire au revoir à papa, lui, je ne veux plus le voir.

Il était au bout du couloir, près de la porte de sortie, il attendait dans l'espoir de lui dire au revoir.

— Je comprends ta colère, lui dit-il, nous n'avons pas d'excuses, notre pardon ne suffira pas mais nous t'avons beaucoup aimée et nous t'aimerons encore et ta sœur aussi. Si un jour, vous décidez de venir nous voir, vous serez les bienvenues.

Malgré sa colère, elle s'avança pour embrasser son père qui la prit dans ses bras en sanglotant.

— Pour nos relations, dit-elle, c'est avec Clémentine que je prendrai la décision, laissons du temps au temps. Au revoir.

Et elle partit sans se retourner.

Arrivée à la maison de Claude à 9 heures, elle commença à défaire ses valises.

— Je dois parler à ma sœur.

Elle l'appela au téléphone et lui dit :

— Je suis en train d'emménager chez Claude, si tu as un moment, viens me voir, je dois te raconter ma soirée et mon départ de chez les parents.

Dix minutes plus tard, Clémentine arrivait.

— Lucile a compris que tu souhaitais me parler seule, elle va s'occuper des enfants. Elle va faire la toilette de Clara et Victor, je lui ai préparé les vêtements sur le lit. Elle viendra avec eux quand ils seront prêts et Claude s'occupe du repas. J'ai toute la matinée pour toi, dis-moi comment les parents ont réagi quand tu leur as dit que tu m'avais retrouvée.

— Maman pleurait beaucoup, ce que je comprends même si j'ai du mal à lui pardonner, mais papa s'est mis dans une colère noire, il m'a même demandé de faire ma valise et de partir. Il est vrai que j'ai été très dure avec eux mais ils doivent comprendre que l'acte qu'ils ont commis est très grave. J'ai quand même dormi dans ma chambre, maman m'a suppliée d'attendre ce matin pour partir. Ce matin, j'ai donc déjeuné avec elle et quand je suis sortie mon père m'attendait au bout du couloir. Je venais de dire à ma mère que je ne voulais plus le voir, il pleurait tellement que j'ai eu un remords et je l'ai embrassé. Il souhaite qu'un jour, nous venions les voir toutes les deux. Je lui ai dit que maintenant, je ne prendrais aucune décision sans ton avis et qu'il fallait laisser passer du temps. Si tu veux bien, je leur donnerai des nouvelles de temps en temps.

— Tu sais, dit Clémentine, je ne suis pas rancunière, je pense que je leur pardonnerai leur faute, nous n'avons qu'une vie, c'est ridicule de la gâcher. Moi depuis un an, je suis la plus heureuse des femmes, hier soir, je n'ai pas fini de te dire pourquoi j'appelais les amis de Claude « mes parents ». Depuis quelques mois, je porte leur nom de famille, ils m'ont affiliée car lorsqu'ils disparaîtront, ils ne veulent pas que ce soit l'État qui hérite de leurs biens. Ils ne pouvaient pas affilier la fille de Claude car elle a un papa, moi je suis orpheline donc c'était possible. Et dès que Pierre s'est occupé de mon divorce, nous sommes devenus très proches, ils me tutoyaient et voulaient que j'en fasse autant. Lorsque le divorce fut prononcé, Pierre m'a dit « tu es libre maintenant », et ce soir-là, je leur ai dit que j'avais un aveu à leur faire, « je te tutoie Pierre et toi aussi Isabelle ». Ils en pleuraient de joie.

Je ne t'ai pas dit ce que je faisais comme boulot. Je suis expert-comptable dans un cabinet tout près d'ici, je suis responsable de quatre personnes, le patron est très bien. J'y suis depuis l'âge de vingt ans. J'ai eu mon bac à seize ans, ce qui m'a permis de faire un brevet professionnel en comptabilité. Grâce à une prof de maths en retraite où j'ai été placée pour m'occuper d'elle. Le fait d'avoir été une très bonne élève m'a avantagée. Je te raconterai plus tard car j'entends les enfants qui arrivent avec Lucile.

— Bonjour tata, dirent-ils ensemble en l'embrassant.

Lucile lui dit :

— Je suis contente Amandine que tu sois près de nous, je pense que nous pourrons faire des sorties ensemble, car toute seule, je n'ai pas envie d'aller au cinéma ou au théâtre mais si tu veux, à deux, ce sera cool.

— Cela a été ma première idée hier soir quand je t'ai vue, je pense que nous allons bien nous entendre.

— J'en suis convaincue, dit Clémentine. Lucile est adorable, c'est ma petite sœur, elle préfère m'appeler « grande sœur » plutôt que « belle-maman » et en plus les enfants l'adorent. Elle s'occupe beaucoup d'eux, tu vois ce matin, elle leur a fait prendre leur bain, s'habiller. J'espère que tu n'as pas eu de problème avec Victor.

— Non, dit-elle, c'est son papy qui le rend un peu macho, il ne voit que par lui.

— Il faut qu'on aille trouver Claude, il est tout seul à la cuisine, tu viens avec nous Amandine, tes affaires sont rangées, on passe la journée ensemble. Cet après-midi, je commencerai à te parler de mon enfance.

Claude préparait des escalopes de dinde à la crème avec des champignons de Paris frais avec du riz pour accompagnement, des fruits et une glace en dessert.

— Tu es un vrai chef, lui dit Amandine en allant l'embrasser.

— Mon métier d'origine est boucher, alors un boucher doit être un bon cuisinier, de plus j'ai vécu seul longtemps, donc pour survivre, il faut bien manger.

— Moi, lui dit-elle, il faut que je me trouve un mari comme toi car je ne sais pas faire la cuisine.

— Ne t'inquiète pas, lui dit-il, entre Isabelle, Clémentine et moi, nous te donnerons des leçons de cuisine, simples mais délicieuses. Comment s'est passée ta soirée chez tes parents ?

— Pas très bien, dit-elle, j'ai été dure mais j'étais tellement en colère qu'il fallait que ça sorte.

— Je pense que ton idée est bonne de prendre de la distance pendant quelque temps. Tes douleurs passeront plus facilement avec l'éloignement !

CHAPITRE 21

Claude, après déjeuner, décida d'aller au jardin.

— Lucile, soit tu amènes les enfants avec toi chez papy et mamie, soit je les garde avec moi, nous allons laisser les deux sœurs seules. Elles ont tellement de choses à se raconter que la journée n'y suffira pas.

— Moi papa, j'ai une autre idée, je viens avec Clara et Victor au jardin, je les surveillerai et à l'heure du goûter, nous irons chez maman Isabelle.

— Très bonne idée, dit Clémentine, et nous avec ce beau temps, nous allons nous installer sous le cerisier.

— Nous pourrons même aller marcher un peu, dit Amandine, ça nous fera le plus grand bien après ce bon repas. À Bordeaux, je me nourris mal, c'est sandwichs, pizzas ou quiches, heureusement, je mange beaucoup de fruits.

Claude, sa fille et les petits partirent au jardin.

Amandine proposa à sa sœur de faire le tour du plan d'eau de Saint-Yrieix, il fait trois kilomètres.

— Excellent, j'en entends souvent parler par une collègue mais je n'y suis jamais allée, dit Clémentine.

Après avoir fait la moitié du parcours, une jeune femme qui tournait dans le sens inverse les vit de face et s'arrêta net.

Clémentine reconnut Marie, la maîtresse de Clara, et elle se mit à rire. Elles s'embrassèrent comme à chaque fois qu'elles se voyaient.

— Ce n'est pas possible, dit Marie, je me suis demandé si je n'avais pas pris un coup de soleil, tu ne m'avais pas dit que tu avais une sœur qui te ressemblait comme deux gouttes d'eau. C'est incroyable !

— Nous ne nous sommes rencontrées qu'hier pour la première fois. Moi, je pensais être orpheline et Amandine l'a découvert il y a un an lors de notre anniversaire. Nous avons sept ans d'écart mais nous sommes nées le même jour.

— On dirait des jumelles, bon, je vous laisse !

— Non, dit Clémentine, tu peux faire demi-tour, ça ne me gêne pas de raconter mon enfance en ta présence, je n'ai pas encore eu l'occasion de le faire.

Les trois femmes finirent le tour ensemble et revinrent vers les voitures. Elles se séparèrent.

— Tu verras Amandine quelquefois en fin de semaine, elle vient d'emménager dans la maison de Claude.

Les deux sœurs en rentrant s'installèrent sous le cerisier.

— C'est vraiment agréable ici ! dit Amandine. Donc vous habitiez chacun d'un côté du grillage depuis quatre ans avant de vous rencontrer ?

— Oui, Claude était veuf quand il est venu vivre ici, et moi j'étais là depuis six ans, trois ans avec mon mari et trois ans seule avec les enfants.

Clémentine lui révéla cette période de sa vie.

— Alors, on a bien marché ? demanda Lucile en passant à côté du cerisier avec les enfants. Nous allons goûter chez mamie. Je pense que papa a envie de venir avec vous car il est fatigué de jardiner.

En passant Claude leur dit :

— Je vais me chercher une bière bien fraîche que je viendrai déguster avec vous, que voulez-vous boire ? Thé, café ou une boisson fraîche ?

— Apporte-nous la bouteille de thé glacé, il est à la pêche ! Cela te convient, petite sœur ?

— J'adore, dit-elle, et merci, Claude, de nous servir.

— Je pense que je ne pourrais trouver mieux, dit Clem, il est toujours aux petits soins pour moi et les enfants.

Claude revint et les servit.

— Continuez à bavarder, je ne sais pas encore tout de l'enfance de ma chérie. Je sais seulement qu'elle n'a pas eu que des bons moments.

Clémentine reprit son récit là où elle l'avait arrêté quelques instants plus tôt. Amandine essuyait parfois une larme et Claude tenait la main de Clémentine pour l'encourager. Vers 18 heures, elle arrivait à la période de son bac, elle leur dit :

— J'arrête pour ce soir, je reprendrai la suite un autre jour.

— Eh bien, dit Claude, allons chercher les enfants tous les trois chez Pierre.

Ce dernier les accueillit comme d'habitude, avec joie.

— Je venais de dire à Lucile de ne pas partir, je sentais que vous alliez venir. Vous allez prendre l'apéritif avec nous. Je vois que Clem est épuisée, je pense que tu viens de raconter ta jeunesse à ta sœur, et vu ce qu'elle a vécu, c'est toujours une épreuve. Demain, nous allons passer une bonne journée, tu seras des nôtres, Amandine, tu verras comment on passe un dimanche en famille.

Arrivé chez Clémentine, Claude fit réchauffer le potage qu'il avait fait le matin avec le bouillon qui avait cuit la viande et il fit quelques croque-monsieur. Ils restèrent discuter après le coucher des enfants.

— Papa, dit Lucile, je viens avec toi raccompagner Amandine mais j'emmène mon pyjama, nous avons décidé tout à l'heure que j'irais dormir avec elle. C'est sa première nuit dans cette grande maison, je lui ai proposé car moi, je n'aurais pas voulu dormir seule.
— Pour être franche, dit Amandine, je préfère que tu viennes avec moi car je n'étais pas très rassurée.

Au retour de Claude, Clémentine était dans la salle de bains.
— Je suis épuisée, dit-elle, mais en même temps ravie de trouver une sœur. Lucile lui a proposé de dormir là-bas ce soir, et étant étudiantes à Bordeaux, elles pourraient se voir de temps en temps. Amandine s'est même proposé de l'emmener le lundi matin et elles pourront parfois revenir ensemble en fin de semaine suivant leur emploi du temps. Je pense que malgré la fatigue, elles ne sont pas prêtes à s'endormir.

Dans la maison de Claude, les deux filles parlaient de leurs études respectives et surtout des possibilités de se voir. Quelquefois, Lucile allait à la fac le matin, et l'après-midi elle révisait et préparait ses cours pour le lendemain. Amandine était interne à Haut-L'Évêque et prenait souvent des services de nuit. Vers minuit, elles s'endormirent.

Le dimanche matin, c'est Claude qui vint frapper à la porte avec un plateau pour le petit-déjeuner. Café au lait et chocolatines.
— Si vous avez besoin d'autre chose, je suis le garçon de service ce matin, profitez-en.
— Tu es un merveilleux papa, je ne pouvais pas espérer un meilleur père.
— Et moi un meilleur beau-frère, ajouta Amandine.

— Je vais préparer les enfants et vers 10 heures, si tu veux bien, ils restent avec toi et je vais aider Isabelle, je ne veux pas lui laisser tout à faire, dit Clémentine.

— Ne t'inquiète pas, lui dit-il, je suis sûr que dans une heure ta sœur et ma fille seront de retour, elles pourront s'occuper des enfants, elles ont discuté jusqu'à minuit et elles se réveillaient quand j'ai frappé à la porte.

Clémentine rejoignit Isabelle vers 10 heures.

— Je viens t'aider, les filles ne sont pas encore rentrées, Claude leur a amené le petit-déjeuner et je ne voulais pas que tu sois seule. Je pense que cette rencontre est positive pour toutes les deux, même si elles sont dans deux facs différentes, je suis sûr qu'elles ont déjà planifié des rencontres. Quand je vois comment Lucile s'entend avec toi, je suis certaine que ce sera pareil avec Amandine.

C'est un miracle pour moi de retrouver une sœur qui n'existait pas pour moi il y a deux jours et en plus trois semaines avant mon mariage.

— Justement, dit Pierre, il va falloir que je vous dise ce que j'ai prévu cet après-midi, je ne veux pas décider de tout, tout seul. Le traiteur vient dans quinze jours, il m'a fait une liste de propositions, il y a tellement de choix que nous ne serons pas trop de quatre pour choisir. Il faut aussi lui dire le nombre de personnes présentes. Pour le vin d'honneur, il m'a dit qu'à dix personnes près, il se débrouillerait.

Claude venait de rentrer dans la cuisine et suivait la conversation :

— Et où auront lieu le vin d'honneur et le repas ?

— Vous le saurez en temps utile, dit Pierre. Je vous réserve une surprise.

— Pour les témoins, ma sœur est arrivée à point nommé, Claude prend Isabelle et Amandine, et moi, je te choisis Pierre avec Marie. C'est vrai que je la vois moins depuis que je suis avec Claude car c'est souvent lui qui va chercher les enfants mais elle continue à venir passer quelques samedis avec moi et c'est une véritable amie.

— Heureusement que Clara a vu en moi le papa idéal, n'est-ce pas ma chérie ?

— Tu te souviens, dit-elle, le jour où nous avons commencé à parler, quand je suis rentrée à la maison avec eux le soir, Clara est venue m'embrasser et m'a dit « il est gentil le voisin, il nous a soulevés au-dessus du grillage pour nous faire la bise, mon père, il ne m'a jamais embrassée, lui ». Elle n'a pas parlé des gaufres car pour elle le bisou était plus important.

— Cette petite avait besoin d'un papa, dit Pierre, elle ne pouvait pas trouver mieux.

— Moi qui appréhendais tellement de rencontrer un homme qui n'accepte pas mes enfants et la crainte d'être battue.

— Nous sommes les plus grands bénéficiaires, dit Pierre, le bonheur de Claude est aussi le nôtre.

Il était presque midi quand les filles arrivèrent avec les enfants. Amandine, en embrassant sa sœur lui dit :

— Je viens de passer un super moment avec Lucile. Je croyais trouver une sœur, et je m'aperçois que j'en ai deux pour le même prix. Nous avons beaucoup parlé hier soir et je suis persuadée que nous passerons de bons moments ensemble, nous avons pas mal de goûts communs pour les loisirs.

— Je suis contente pour toi, petite sœur, ce serait difficile de ne pas s'entendre avec Lucile, elle est tellement gentille, quand je vois comment elle s'occupe des enfants quand elle les garde. Va voir Claude, il a quelque chose à te demander.

— Tu arrives au bon moment, Amandine, accepterais-tu d'être mon témoin dans trois semaines ? Clémentine a déjà ses deux témoins mais moi, je n'avais qu'Isabelle.

— Quel honneur pour moi, j'accepte avec plaisir.

Pierre s'approcha d'eux et dit à Claude :

— Tu ferais mieux de leur mettre un collier de couleur différente car j'ai peur qu'un jour, tu ne saches plus laquelle est la tienne.

— Ne t'inquiète pas, dit-il, j'ai mon repère.

— Oui et bien si ton repère c'est un grain de beauté sur la fesse, Amandine a peut-être le même.

Ils éclatèrent de rire.

— Tu ferais mieux de nous servir l'apéritif au lieu de dire des bêtises, dit Isabelle, je ne sais pas ce qu'Amandine va penser de nous.

— Je préfère les blagues aux paroles méchantes, donc tout va bien. Quand je pense qu'il y a trois jours j'appréhendais de rencontrer ma sœur et maintenant, je me retrouve dans une famille très unie avec une sœur de cœur en plus.

— J'étais certaine, dit Isabelle, que tu allais bien t'entendre avec Lucile. Je ne sais pas si tu auras des vacances cet été mais si tu peux, tu seras la bienvenue avec nous en Corse. Nous partons début juillet jusqu'au 15 août, avec Lucile, et ta sœur et Claude viendront nous rejoindre trois semaines. La maison est assez grande pour une personne de plus.

— Je ne sais pas encore, dit Amandine, si mes congés seront acceptés, j'ai posé le mois de juillet et j'aurai la réponse début mai. Je serais heureuse de passer des vacances avec mes sœurs et vous bien sûr, c'est gentil de m'accueillir comme vous le faites.

Ils passèrent à table et le repas terminé, ils se retrouvèrent dans le salon. Pierre montra les menus que le traiteur lui avait suggérés, il fallait décider de celui qui plairait le plus aux futurs mariés. Au bout d'une demi-heure, tout le monde était d'accord. Pierre rangea son menu dans un dossier qu'il transmettrait en fin de semaine au traiteur.

— Parle-nous un peu de toi, dit-il à Amandine, de ta jeunesse, de tes études, si j'ai bien entendu, nous avons maintenant un médecin dans la famille.

— Bientôt, dit-elle, encore deux ans de formation sur le terrain, à l'hôpital et chez des médecins généralistes et si tout se passe bien, je pourrai commencer à exercer en tant que généraliste en tant que remplaçante.

Le reste de la soirée, elle leur parla de sa jeunesse, elle avait obtenu son bac à dix-sept ans avec mention très bien et elle continua sur ses années de médecine.

— Ce métier, il faut l'aimer pour bien le pratiquer. Enfin, comme tous les métiers, je pense. Je n'ai pas vécu une enfance malheureuse mais sans beaucoup d'amour de la part de mes parents. Jusqu'à mes dix ans, ils me souhaitaient mon anniversaire, ensuite c'était tous les cinq ans. C'est à ce moment que je voyais mon père pleurer, pour mes quinze ans, pour mes vingt ans et l'année dernière pour mes vingt-cinq ans. Là, j'ai osé le questionner, mais il n'a rien voulu me dire et il a fait une crise cardiaque. Ma mère a appelé le Samu pendant que je lui faisais un massage cardiaque, lorsque l'ambulance est arrivée, il reprenait ses esprits. Je l'ai accompagné en ambulance et j'ai voulu savoir pourquoi tous les cinq ans, il pleurait pour mon anniversaire. Il m'a dit : « Va demander à ta mère. » Ce que j'ai fait aussitôt.

Ma mère m'a avoué que cette date correspondait aussi à la date de naissance d'une sœur que mon père avait abandonnée parce que c'était une enfant née d'une relation adultère. C'est à partir de cette date que j'ai commencé à chercher. Le seul indice était un bracelet en ruban sur lequel était écrit *Clémentine – 12 juin*. Le bébé avait été déposé dans un panier sous la boîte aux lettres du couvent, il était bien habillé et ne pleurait pas. La suite, Clémentine la connaît. J'ai mis huit mois pour retrouver ma sœur chérie. J'avais fait deux tentatives qui avaient échoué, mais la troisième fut la bonne. Je ne regrette pas d'avoir fait toutes ces démarches pour te retrouver. Ma chance a été que ce prénom n'est pas courant, le plus dur c'était que je n'avais aucun nom de famille et elle n'était pas née dans une maternité. Ma détermination était tellement grande que je n'aurais jamais abandonné.

Vendredi après-midi, lorsque je suis entrée pour la première fois chez Clémentine, je tremblais comme une feuille, je ne m'imaginais pas que trois jours plus tard, je ferais la fête dans une famille avec autant de joie. Lorsque je suis rentrée chez mes parents le soir, j'étais très en colère et je m'en suis prise surtout à mon père avec beaucoup de violence verbale et heureusement que Clémentine ne m'avait pas encore raconté sa vie jusqu'à ses seize ans. Je pense que maintenant, il va nous falloir du temps, beaucoup de temps pour leur pardonner, mais nous y arriverons car nous ne sommes pas rancunières de nature. Pour moi, autant de bonheur en si peu de temps, je suis sur un petit nuage. Je vous ennuie avec mes souvenirs ?

— Pas du tout, dit Pierre, il n'y a pas d'homme dans ta vie ?

— Pas pour l'instant, il y en a eu un, il y a deux ans, mais ça a duré à peine une année. C'était le fils d'un chirurgien de Bordeaux, il avait deux ans de plus que moi mais nous étions au même niveau d'études. Il préférait les grosses voitures aux femmes, et les fois où je suis montée avec lui, j'avais tellement peur qu'à la fin je refusais de monter avec lui. Il avait déjà mis à l'épave une BMW et une Audi, dans celle-ci j'ai failli mourir, c'était un copain à lui qui était à côté et moi à l'arrière avec une amie. Il est entré en collision avec un camion qui nous précédait. Son copain est mort, lui a été blessé et nous, nous nous en sommes sorties indemnes. Quelques égratignures et hématomes. Il a eu un retrait de permis. Il acceptait que je conduise et nous allions de temps en temps à Arcachon pour nous baigner. Donc ce samedi-là, pendant que j'allais à la plage, il est allé au bistrot, il buvait beaucoup et au moment de rentrer, il voulait conduire car, disait-il, cela irait plus vite. J'ai refusé de lui donner les clés, il m'a alors giflée en s'en emparant. Je l'ai laissé partir seul, j'avais deux amies infirmières qui avaient une voiture et qui m'ont ramenée. Nous avions à peine fait vingt kilomètres qu'il y a eu une déviation suite à un accident, nous sommes donc rentrées par des petites routes. Le lendemain, le père de mon ami est venu me voir, il était lui aussi à Haut-L'Évêque. Il a d'abord été un peu agressif en m'annonçant la mort de son fils, il pensait que j'étais morte moi aussi, je lui ai donc expliqué que la paire de gifles qu'il m'avait donnée m'avait sauvé la vie. Il m'a répondu : « De toute façon, cela devait se terminer comme ça, je suis responsable, c'est moi qui lui ai payé ses bolides mais pour l'alcool, je ne suis pas responsable. » Heureusement que dans l'accident, il n'a tué personne, les gendarmes m'ont dit que son compteur était bloqué à cent soixante kilomètres sur une route à quatre-vingt-dix.

Du fait de son comportement, je l'aurais quitté, il devenait trop brutal et je n'étais plus amoureuse de lui. La mort fait toujours de la peine mais dans le milieu médical, dans un cas comme celui-ci, nous n'avons pas de remords. Depuis je n'ai rencontré personne à mon goût et je ne suis pas pressée. Fan de belles voitures, s'abstenir ! Maintenant, Pierre, si dans vos relations, vous trouvez un beau jeune homme de vingt-sept à trente ans, brun, bonne situation, pas frimeur, qui sache faire la cuisine, et qui est capable d'accepter une femme médecin, vous pouvez toujours me le présenter, mais je préfère ne pas chercher, quelquefois il suffit de regarder de l'autre côté du grillage de son jardin. N'est-ce pas, Clémentine ?

— Je pense que si j'avais été moins discrète, Claude m'aurait approchée plus tôt. Mais je ne pouvais pas imaginer que derrière ce grillage, il y avait l'homme de ma vie.

Le lundi matin, les deux grandes partirent ensemble à 8 heures car Lucile devait être à la fac à 10 heures alors qu'Amandine prenait son service à 14 heures, mais elle avait tenu à emmener sa « sœur », comme elles s'appelaient maintenant. Elles se retrouvèrent le mercredi soir avec Julie. Toutes les trois allèrent prendre un repas dans une cafétéria puis Lucile voulut faire visiter son studio à Amandine. Elles pouvaient dormir à trois, mais vu les horaires décalés d'Amandine, elle ne voulait pas les déranger et en plus, cela faisait assez loin de son lieu de travail, alors que son studio était à trois cents mètres de l'hôpital. Elles arrivaient tout de même à passer une soirée ensemble par semaine.

CHAPITRE 21

La semaine du mariage, elles purent rentrer ensemble le jeudi soir. Le vendredi était prévu pour les préparatifs. Maman Isabelle avait souhaité qu'elles soient toutes les deux habillées de la même façon, c'est elle qui offrait les robes ainsi que celle de Clara qui était fière d'avoir la même tenue que sa sœur et sa tante. Elle avait aussi amené Clémentine choisir sa robe et la lui avait offerte également.

Claude, lui, était allé à Bordeaux chercher Monique qui était venue en avion. Clémentine avait insisté pour qu'elle vienne et elle devait prendre la chambre de Lucile qui était disponible puisqu'elle dormait avec Amandine dans la maison de son père.

Clémentine avait souhaité se marier à l'église malgré son divorce et le prêtre avait accepté étant donné qu'elle n'était pas responsable. Pierre était passé voir le prêtre discrètement pour lui donner les détails.

Enfin, le grand jour était là, tout le monde était levé de bonne heure. Le mariage à la mairie était à 14 heures et celui à l'église à 15 heures. Pierre n'avait pas pu obtenir la salle qu'il voulait car elle était réservée depuis plus d'un an, il s'était donc rabattu sur la salle de la Combe, facile d'accès avec un grand parking. Il était prévu quatre-vingts personnes au vin d'honneur et vingt-huit au repas. Pierre eut l'honneur d'accompagner Clémentine à son bras à la mairie et ensuite à l'église, et Claude était accompagné d'Isabelle.

Les deux enfants marchaient devant, Clara, qui portait la même robe que les deux grandes sœurs, était fière de sa toilette, et Victor portait son premier costume avec un nœud papillon.

Clémentine avait invité son patron et ses collègues ainsi que la clientèle dont elle gérait les comptes depuis plus de dix ans. Pierre, lui, avait convié le notaire et son ami de Périgueux, commandant de gendarmerie. Quant à Claude, il avait invité deux copains, qu'il voyait régulièrement et qui étaient ses meilleurs clients.

Le vin d'honneur commença à 16h30 et se prolongea jusqu'à 20 heures. Le repas fut servi à 21 heures et était assez léger en raison de l'apéritif prolongé et qui avait bien rempli les estomacs. Le mari d'une collègue à Clémentine était musicien, il jouait de l'accordéon et anima la soirée jusqu'à 2 heures du matin. Lors des pauses de l'accordéoniste, Pierre, le notaire ou le commandant racontaient des anecdotes très drôles sans citer de noms et Amandine interpréta des chansons de Mireille Mathieu à la perfection.

À 2 heures, tout le monde reprit la route pour rentrer en remerciant les mariés et en leur souhaitant beaucoup de bonheur.

Le dimanche, il fallait être à 13 heures chez Pierre car le traiteur leur offrait le repas de midi en cadeau. C'était un repas cinq étoiles, il avait tout prévu, de la vaisselle à la machine à café, et le service était assuré par le fils et la fille du traiteur.

Le repas fut pris au champagne que Pierre avait fourni afin de ne pas faire de mélange. Vers 16 heures, les serveurs remballèrent tout le matériel et le chargèrent dans la camionnette. Pierre et les mariés les remercièrent chaleureusement.

Comme il faisait très beau, tout le monde partit se relaxer sous le cerisier dans le jardin de Claude.

Les cerises n'étaient pas encore mûres mais Clémentine dit à sa sœur :

— Pour notre anniversaire, nous pourrons en faire une cure car l'arbre est très chargé cette année. Je pense que Claude nous fera des confitures.

Il avait entendu, alors il s'approcha en disant :

— Tu fais bien de parler de mes confitures, emmène Amandine au cellier et donne-lui quelques pots, comme elle nous a dit qu'elle faisait très peu de cuisine, elle pourrait au moins manger de bonnes tartines.

Monique, qui était restée une semaine avec Clémentine, passait sa deuxième semaine chez son ancien patron, ils se tutoyaient et avaient le même âge.

À chaque fois qu'il revoyait Monique, il lui faisait des compliments sur Clémentine :

— Tu as su lui transmettre tes connaissances et elle te remplace à la perfection. Comme avec toi, je lui laisse carte blanche, et elle gère très bien la maison. Je souhaite que dans deux ou trois ans, elle accepte de reprendre l'entreprise à son nom car j'ai envie de prendre ma retraite. Elle a toutes les qualités pour être patronne à son tour.

Monique avait profité de sa venue pour revoir ses collègues. À la fin de la semaine, c'est son ancien patron et sa femme qui la raccompagnèrent à l'aéroport de Bordeaux. Ils la quittèrent à 10 h 30 et en profitèrent pour passer le reste de la journée à Bordeaux.

Tout le monde voulait voir le jardin de Claude qui commençait à prendre forme, les tomates étaient plantées, les pommes de terre faisaient déjà vingt centimètres, il y avait des radis, des salades, des choux brocolis…

La soirée se termina dans une ambiance détendue.

Le lendemain, les filles partirent pour Bordeaux dans la matinée car Lucile n'avait cours que l'après-midi et Amandine ne prenait son service qu'à 18 heures. Elles prirent leur repas de midi au studio avec Julie qui avait hâte de voir les photos qu'avait prises Lucile. Leur repas avait été préparé par Isabelle, comme toutes les semaines et Lucile apportait à manger pour trois.

Clémentine avait sa semaine de congé, elle resta à la maison et Claude ne la quittait pas, il emmenait les enfants seul le matin, après il passait une heure à son bureau et restait avec sa femme chérie le reste de la journée. Le soir, ils allaient tous les deux chercher les enfants à l'école sauf le vendredi soir où Lucile aimait bien aller chercher sa petite sœur et son petit frère. Amandine l'accompagnait quand elle rentrait.

Quatre semaines après le mariage, c'était l'anniversaire des deux sœurs, c'était un samedi, Amandine avait besoin d'aller chercher des vêtements chez ses parents, elle demanda à Clémentine si elle serait d'accord pour venir avec elle.

— Pourquoi pas ? dit-elle. Moi je n'ai pas honte et nous verrons l'accueil qu'ils nous feront.

— J'appellerai maman dimanche matin pour savoir si elle sera à la maison l'après-midi. Je lui dirais de ne pas en parler à mon père.

Un anniversaire était toujours un jour de fête chez Pierre, et là il y en avait deux le même jour.

Lorsqu'elles partirent à La Couronne le dimanche, tous leur souhaitèrent bon courage. Seule la maman était prévenue mais uniquement de la présence d'Amandine.

Elles décidèrent de se présenter en même temps. Amandine n'avait plus les clés qu'elle avait rendues à sa mère deux mois plus tôt quand elle était partie.

C'est la maman qui sortit la première pour ouvrir le portillon, lorsqu'elle vit ses deux filles, elle appela son mari pour qu'il vienne aussi. Ils restèrent plantés sur le seuil de la porte sans pouvoir faire un pas. Ils ne savaient pas que leurs filles avaient une telle ressemblance. Volontairement, elles s'étaient habillées de la même façon.

Ils vinrent enfin ouvrir la porte et en prirent chacun une dans leur bras sans savoir laquelle ils tenaient.

C'est Amandine qui parla la première :

— Rassurez-vous, nous ne venons pas aujourd'hui vous faire des reproches. Le bonheur qui nous unit toutes les deux nous aide un peu à oublier le passé. Il va nous falloir du temps mais nous avons décidé de faire le premier pas.

Au regard foudroyant que son père lança, Clémentine comprit que sa mère n'avait pas dû être heureuse. Alors qu'elle avait embrassé son père avec une certaine froideur, elle enlaça sa mère et lui dit « maman ». Elles pleuraient toutes les deux sans pouvoir se séparer. Amandine était déjà partie chercher ses affaires, son père la suivit mais il resta dans la salle à manger.

La maman entraîna Clémentine dans la maison car elle craignait que son mari suive Amandine.

— Assieds-toi, lui dit sa maman.

Son père était resté au bout du couloir où il attendait sa sœur, quand celle-ci revint avec son sac chargé de vêtements, elle passa près de la porte de sortie et alla s'asseoir près de Clémentine qui disait à sa maman :

— Je te promets que bientôt, tu connaîtras mes enfants, si mon père n'accepte pas ma présence, tu viendras à la maison. Mais avant je veux les préparer.

Le père ne disait pas un mot, il se contentait de regarder ses deux filles, il était toujours debout à côté du buffet.

— Nous avons fêté notre anniversaire hier, dit Amandine, dans la joie et la bonne humeur, les parents de Clémentine sont formidables et ils adorent leurs deux petits-enfants, quant à son mari, c'est un vrai papa poule, lui.

— Il faut que nous partions, dit Clémentine, vous avez vos valises à préparer avec Lucile pour demain matin.

En partant, elles embrassèrent leur père qui s'avança à peine et leur mère les raccompagna. Elles l'enlacèrent toutes les deux en lui disant qu'elles reviendraient.

— Je crois qu'aujourd'hui, vous avez donné une bonne leçon à votre père, moi je suis heureuse de faire ta connaissance, Clémentine, je ne pouvais pas imaginer que vous vous ressembliez autant. Surtout, venez me voir.

Les deux sœurs reprirent la route, heureuse d'avoir vu leur maman et d'avoir donné une leçon d'humilité à leur père.

— Il m'a fait peur quand nous sommes arrivées avec son regard foudroyant, je me suis demandé s'il n'allait pas exiger que nous repartions. C'est pour cela que je tenais à ce que tu sois là, nous avons au moins fait plaisir à maman.

— Je pense, dit Clémentine, que je pourrai lui pardonner assez vite, car elle n'a pas dû être heureuse.

— Ce que je vis avec toi et ton mari depuis deux mois est une découverte, je ne savais pas que l'on pouvait vivre un tel bonheur. Je n'ai jamais vécu ça avec les parents. J'ai souvent pensé qu'ils se disputaient à cause de moi, et que ça s'arrangerait une fois que je serais partie, maintenant je pense que ça devait être pire.

— Je tiens à ce qu'il sache un jour ce que j'ai vécu de ma naissance à l'an dernier, je veux qu'il entende que j'ai été maltraitée, battue, et même que j'ai subi des tentatives de viol. Si je m'en suis sortie, c'est parce que j'ai toujours été une bonne élève et que j'avais l'envie de m'en sortir.

— N'en parlons plus, dit Amandine, pensons à nos prochaines vacances, je ne t'ai pas dit que mes congés étaient acceptés du 11 juillet au 8 août, alors si vous êtes toujours d'accord pour m'emmener avec vous, je suis partante, j'ai oublié d'en parler à Lucile vendredi après-midi en rentrant.

Elles arrivaient à la maison, Claude et Lucile étaient dehors avec les enfants.

— Alors, dit Claude, comment s'est passé ce premier face-à-face ?

— Avec maman, très bien, dit Clémentine, mon père nous a embrassées, mais n'a pas desserré les dents, je pardonnerai facilement à maman car elle est une victime elle aussi de la brutalité de mon père. J'ai dit à maman qu'elle connaîtrait bientôt mes enfants, mais avant il faut que je les prépare, et si mon père n'est pas d'accord, elle viendra à la maison.

— Il a tout entendu, mais n'est pas intervenu. Il est resté debout près du buffet et nous foudroyait du regard à tour de rôle, dit Amandine.

— Bon, dit Claude, le premier pas est franchi, je suis sûr que tu pardonneras à ta maman et qu'elle a hâte de connaître ses petits-enfants.

CHAPITRE 22

— Pour les vacances, dit Clémentine, Amandine est en congé en même temps que moi.

— C'est vrai ? dit Lucile, tu ne m'en as pas parlé sur la route du retour, ni à l'occasion de nos veillées. Donc tu viens avec nous en Corse et ne poses pas de question.

— Cela me fait vraiment plaisir, dit Amandine, je ne suis jamais allée en Corse, à part le bassin d'Arcachon et aussi Royan quand j'étais plus jeune. Je ne suis jamais partie en vacances avec eux, de douze ans à dix-sept ans j'allais passer quelques jours en Corrèze chez une tante. C'était une sœur de mon père, elle était infirmière et son mari médecin. Mes parents m'y amenaient après le 14 juillet, et quinze jours après mon oncle et ma tante me raccompagnaient. Cette tante avait dix ans de plus que mon père. Après le bac, je n'ai plus voulu y retourner, ils n'avaient pas d'enfant et ils ne m'aimaient pas beaucoup et moi non plus. Je préférais rester à la maison car par le bus, je me rendais à l'étang de Saint-Yrieix l'après-midi. Il fallait que je sois rentrée le soir à 20 heures. Nous passions de bons après-midi avec des copains et des copines. Bien sûr, il ne fallait pas que je dise devant mon père qu'il y avait des garçons dans le groupe. Quand j'y pense, je me dis que ma mère m'a toujours protégée et c'est elle qui m'a défendue lorsque j'ai refusé de repartir en Corrèze.

Mes trois premières années à Bordeaux, je faisais la route en train comme toi, Lucile, et à vingt ans, mon père m'a acheté une voiture, celle que j'ai encore aujourd'hui. Je l'ai eue neuve et comme je suis soigneuse, elle est encore impeccable. Viens avec moi, dit-elle à

Lucile, j'ai ramené le reste de mes fringues, enfin ce qui en valait la peine, je pense que l'on pourrait en porter l'une ou l'autre.

Lucile avait emmené tous les vêtements qu'elle avait chez son père depuis qu'elle avait emménagé avec Amandine. Elle avait seulement laissé quelques vêtements chez maman Isabelle.

Elles faisaient la même taille toutes les deux, ce qui leur permettait de s'échanger des robes ou des pantalons. Cela amusait beaucoup Clémentine et Isabelle.

Les quatre semaines qui suivirent, les étudiantes firent la route en voiture le lundi et le vendredi après-midi.

Pour son anniversaire, Monique avait appelé Clémentine pour la remercier également de l'accueil que ses parents adoptifs lui avaient réservé.

— Surtout, quand vous serez en Corse, prévenez-moi quand nous pouvons nous retrouver.

Les deux semaines avant les vacances, Clémentine ne travaillait que le matin, elle en profitait pour rester à la maison l'après-midi ou se promener avec Claude.

Cette année, ils partaient en voiture pour prendre le bateau à Toulon, Pierre avait tout retenu.

Clara était montée avec Lucile dans la voiture de son papy et Victor était avec Amandine dans celle de Claude. À chaque pause, les femmes reprenaient le volant pour une heure alors que les hommes conduisaient 2 h 30.

Ils arrivèrent le mardi après-midi, le voyage en bateau avait beaucoup plu à Clémentine et à sa sœur. Les enfants, eux, n'étaient pas trop rassurés, se retrouver en pleine mer sur ce gros bateau, mais tout s'était bien passé.

Comme l'année précédente, repos le matin et plage l'après-midi. Les repas étaient souvent réalisés par Isabelle, qui donnait en même temps des cours de cuisine à Amandine. Mais c'est le barbecue qui avait la cote, et ça, c'était le domaine de Claude. Pierre, lui, préparait la braise, et ensuite servait l'apéritif pendant que Claude faisait griller la viande ou le poisson. Clémentine s'occupait des enfants avec Lucile. Toutes les tâches étaient réparties.

Le patron de Clémentine avait insisté pour qu'elle prenne quatre semaines de congé.

— Tu fais suffisamment d'heures en début d'année et au printemps avec les déclarations de revenus de nos clients, donc je t'offre cette quatrième semaine.

Ils reprirent le bateau de retour le jeudi de la quatrième semaine avec Victor et Amandine. Lucile avait souhaité que sa petite sœur rentre avec elle une semaine plus tard, le jeudi également.

Le 15 août, tout le monde était rentré, Amandine avait déjà repris le boulot depuis une semaine ainsi que Clémentine. Lucile s'occupait de Clara et Victor. Elle lui faisait faire la sieste, tous les après-midi, et il fallait qu'elle lui fasse un câlin avant qu'il s'endorme.

Cette année, Julie restait à Clermont-Ferrand chez ses parents pour suivre ses études mais Katia, l'amie autrichienne de Lucile, venait la remplacer au studio et bien sûr devait rentrer avec elle à Angoulême toutes les fins de semaine.

Pour leur sixième année en fac, elles devaient faire les quinze derniers jours de septembre à Bordeaux, ensuite jusqu'à la fin de l'année, pendant trois mois elles devaient rentrer dans un cabinet d'avocats pour une formation sur le terrain. Il était convenu que Katia ferait son stage chez Pierre, et que Lucile le ferait chez un confrère et ami de Pierre.

Pour Amandine, elle faisait aussi un stage dans un cabinet médical à Bordeaux, elle ne pouvait rentrer que le samedi après-midi.

CHAPITRE 23

La rentrée des classes avait lieu un mardi matin pour les primaires. Clémentine avait pris sa matinée pour conduire les enfants à l'école avec Lucile. Cette année, Clara ne rentrait pas dans la classe de Marie, ce qui lui permettait de lui faire la bise le matin en arrivant et le soir en repartant car c'est elle qui faisait la surveillance matin et soir.

Le soir, Lucile allait souvent chercher les enfants seule. Le vendredi soir au moment où elle arrivait à hauteur de la grille de Claude, elle sortait sa clé quand une voiture s'arrêta à sa hauteur. Le passager descendit pour lui demander si elle savait où habitait un avocat dans ce quartier. Elle n'eut pas le temps de répondre que l'étranger saisit Clara par le bras et au même instant, la passagère installée à l'arrière ouvrit la portière. L'homme lui jeta Clara dans les bras, ferma la portière et bondit dans la voiture qui démarrait déjà en faisant crisser les pneus.

Le tout en à peine cinq secondes. Une dame qui ramenait son enfant de l'école et qui se trouvait à cinq mètres put voir le visage de l'homme et releva le numéro d'immatriculation de la voiture. Elle cria très fort « au secours ! » car Lucile était tétanisée et ne pouvait sortir aucun son.

Claude, qui était dans son jardin, entendit les cris. Il arriva et vit la voiture partir en trombe. En courant, la dame composait déjà le 17, police secours et Claude appela son ami Pierre afin qu'il contacte le commandant de gendarmerie de Périgueux.

La voiture, une Audi A5 noire, à l'intérieur un chauffeur avec des lunettes fumées dont elle ne vit pas le visage, à l'arrière, il y avait une femme coiffée d'un foulard et l'individu qui avait enlevé Clara avait des lunettes noires et une grande barbe. Il devait avoir la quarantaine, mesurait un mètre soixante-quinze, cheveux bruns.

Lucile consolait son petit frère et la gamine qui était une copine de Clara, la maman avait maintenant un officier de police qui lui demanda de rester sur place comme elle était témoin de la scène. Lorsque Claude raccrocha, elle lui passa son téléphone pour qu'il puisse parler à l'officier de police qui lui dit que l'alerte enlèvement allait être lancée mais avant, il leur fallait tous les renseignements. Moins de dix minutes après, deux voitures de police arrivaient avec l'officier qui avait reçu l'appel.

Claude lui expliqua que l'avocat dont Lucile venait de leur dire que l'homme qui avait commis le rapt avait demandé l'adresse mais qu'elle n'avait pas eu le temps de lui répondre que l'individu avait déjà jeté Clara dans la voiture avait bien un lien de parenté avec eux.

Claude demanda à l'officier s'il n'était pas préférable qu'ils rentrent dans la maison pour continuer à donner le maximum d'informations, ce qu'il accepta. Il renvoya ses hommes sur les barrages établis, il prit sa voiture et vint se garer devant la maison de Clémentine, que Pierre était parti chercher à son travail.

Lucile était inconsolable, la dame qui était témoin la tenait dans ses bras et elles pleuraient toutes les deux ainsi que les enfants. Isabelle était venue en passant par le jardin au-devant d'elles.

L'officier tentait de les rassurer car il y avait une femme avec eux :

— Ce n'est donc pas pour un viol, je penche plus pour une demande de rançon. Un enlèvement par un homme seul serait plus à craindre. Là il y a deux hommes et une femme, elle est donc prévue pour s'occuper de l'enfant. Maintenant, la recherche de l'avocat n'est pas anodine. Il pourrait s'agir d'une vengeance suite à un jugement. Tenez, dit-il, le voilà c'est lui l'avocat qui amène ma femme, la maman de Clara.

Elle se jeta dans les bras de Claude.

— Pourquoi on nous fait ça ? Nous étions si heureux depuis un an. Qui peut nous en vouloir autant ?

Pendant ce temps, l'officier de police avait pris Lucile par la main et essayait de la réconforter :

— Vous n'êtes pas responsable et heureusement que vous n'avez pas eu le temps d'intervenir car vous auriez pu être frappée ou tuée.

Ensuite, il demanda au témoin si elle avait quelqu'un pour garder sa fille au moins une heure.

— Vous êtes la seule à avoir vu le visage de l'homme qui a attrapé Clara, nous avons besoin de vous pour un portrait-robot.

— Mon mari ne rentre à la maison que dans deux heures.

— Si vous voulez, chef, dit l'autre policier, j'ai mon ordinateur dans la voiture, nous pouvons faire le portrait ici, il suffit que je le branche.

Claude les emmena dans son bureau.

— Parfait, dit le sous-officier, il y en a pour vingt minutes.

Pendant ce temps, la petite resta avec Isabelle et Victor. Lucile avait rejoint son père et Clémentine qui étaient toujours enlacés.

Pierre dit :

— Vu les liens de famille qui me lient à la petite, je suis son papy, je me suis permis d'appeler mon meilleur ami qui est commandant de gendarmerie à Périgueux. Dès que vous avez lancé l'alerte enlèvement, il a envoyé des équipes sur le terrain. Il y a quatre mois, il était au mariage de ma fille avec Claude et il connaît bien Clara. Avec sa femme, ils ont pris les enfants sur leurs genoux dans l'après-midi.

— Cela peut nous aider, dit l'officier, je voudrais bien rentrer en contact avec lui car dans un enlèvement, il faut se serrer les coudes.

Pierre appela son ami et lui dit que l'officier voulait bien collaborer avec eux. Il lui passa son téléphone. Ils échangèrent cinq minutes.

— Dès que nous aurons le portrait-robot, dit l'officier, il faudra le transmettre à votre ami.

Il a une photo prise au radar la semaine dernière d'un individu avec une grande barbe et il était au volant d'une Audi A5 noire. L'immatriculation ne correspond pas, mais il connaît l'individu et ce serait le père géniteur de la petite Clara.

Pierre donna plus de renseignements sur l'individu qui était passé en correctionnelle au mois de mars.

— Votre ami envoie quelqu'un pour surveiller sa maison.

Dix minutes plus tard, le portrait-robot était envoyé à tous les points de surveillance.

Les téléphones portables furent mis sur écoute en cas de demande de rançon. Les policiers partirent non sans les avoir rassurés et s'ils étaient appelés, qu'ils essayent de faire durer la conversation le plus possible pour pouvoir localiser le lieu de l'appel.

Pendant ce temps dans une maison, Clara dormait dans un lit, une dame était assise à côté d'elle pour la rassurer au cas où elle se réveillerait. Elle avait été endormie dans la voiture, la dame lui avait mis sur la bouche une serviette imbibée de produit qui l'avait endormie aussitôt.

Il faisait presque nuit quand elle se réveilla, une lampe était allumée sur la table de chevet et à côté un réveil qui annonçait 21 heures.

— Où suis-je ! criait-elle, où est ma maman, qui êtes-vous ?

La dame lui parla gentiment et lui demanda de se calmer, qu'elle allait lui porter à manger et qu'après elle dormirait là.

— Si demain, tu es bien sage, nous te raccompagnerons chez toi, je vais te préparer un bol de chocolat chaud et si tu as envie de faire pipi, il y a un seau.

Clara pleurait encore mais était plutôt calme, le produit faisait encore effet. Après avoir bu son chocolat, elle se rendormit.

Le lendemain matin, comme chez elle, elle se réveilla à 7 heures, elle avait envie de faire ses besoins et refusait de le faire dans un seau. Elle frappa très fort à la porte, et au bout d'un petit moment, la dame rentra et lui dit qu'elle n'avait pas le choix et qu'un rouleau de papier se trouvait sur le petit guéridon.

— En attendant, je vais te préparer un petit-déjeuner, j'en ai pour dix minutes.

Un moment après, la dame revint avec un plateau sur lequel il y avait un bol de chocolat, deux croissants et une bouteille d'eau avec un verre.

— Je reste avec toi le temps que tu déjeunes et j'emporterai le plateau quand tu auras fini, tu garderas le verre et la bouteille. Tu vas rester toute seule ce matin, il y a des livres pour enfants sur le petit bureau dans le coin et comme tu as ton sac d'école, si tu as des devoirs à faire, fais-les.

La dame ouvrit les volets et referma la fenêtre.

— Je reviendrai à midi pour te faire déjeuner et cet après-midi, un monsieur viendra te poser quelques questions, ensuite nous te raccompagnerons chez toi.

La dame partie, Clara attendit cinq minutes avant d'ouvrir la fenêtre pour voir où elle était.

Il y avait une cour qui la séparait d'une petite rue, mais elle était au premier étage donc impossible de sauter, et il ne passait personne. Elle se rappela que Claude lui avait appris à faire des avions en papier avec des feuilles d'imprimante. Elle déchira une page de son cahier de brouillon, fit un avion, ouvrit la fenêtre et le lança mais il n'alla pas jusqu'à la rue. Elle aperçut un bloc de papier sur le bureau et elle réitéra l'opération qui fut de nouveau un échec. Il fallait trouver une autre solution. Elle chercha dans la chambre, pas moyen de trouver une balle ou un morceau de bois. Elle eut l'idée d'en faire une avec du tissu. Il y avait une armoire, elle se dit *je vais bien trouver une serviette*, mais l'armoire était fermée. Pourtant, l'idée d'une balle en chiffon n'était pas mauvaise. Elle avait vu sa mamie déchirer des vieux draps en faisant une petite entaille de deux centimètres aux ciseaux et il suffisait ensuite de tirer sur les deux morceaux. Comme toute bonne écolière modèle, elle avait ses petits ciseaux dans son sac d'école. Elle s'apprêtait à déchirer le drap quand elle se dit que la taie d'oreiller suffirait. Avec une moitié, elle fit une balle et avec l'autre moitié elle déchira des bandes de deux centimètres qui lui servirent à bien serrer sa balle. Il suffisait de faire un galon plus long pour attacher l'avion en papier sur lequel elle écrivit « Je suis Clara – SOS – appelez la police ». Elle cacha son forfait dans le lit au cas où la dame reviendrait. Elle ouvrit de nouveau la fenêtre pour surveiller, il ne passait toujours personne.

Vers 11 heures, elle vit un couple de personnes très âgées qui passait devant. Elle les trouvait trop vieux, elle se dit que s'ils ne comprenaient pas, elle serait obligée de recommencer. Cinq minutes plus tard, un autre couple passa, elle alla vite chercher sa balle et cette fois-ci, c'était la bonne, car ils avaient l'âge de ses parents. Quatre à cinq mètres, avant que le couple passe, elle cria : « Aidez-moi ! », et elle jeta sa balle qui atterrit aux pieds de l'homme.

L'homme ramassa la balle et lut le message, elle le vit prendre son téléphone pendant que la femme mettait son doigt sur sa bouche pour lui faire comprendre de ne pas crier et de rester calme. Le couple s'était éloigné de la porte d'entrée pour ne pas être vu.

Cinq minutes plus tard, qui parurent très longues à Clara, deux voitures de gendarmerie arrivaient. Le monsieur leur montra le message, elle avait aussi écrit le numéro de téléphone de son papa, de sa maman et de Lucile.

La grille n'était pas fermée et les quatre gendarmes entrèrent. La porte d'entrée n'était pas fermée non plus alors ils s'engouffrèrent à l'intérieur en criant « gendarmerie ! ».

Ils virent une femme dans l'escalier au fond de la pièce, deux gendarmes la rattrapèrent au moment où elle ouvrait la porte de la chambre. L'un la ceintura et lui passa les menottes et l'autre alla vers Clara qui lui sauta au cou en lui disant merci.

— Tu es sauvée, ton papa et ta maman vont arriver.

— Il faut que j'aille dire merci au couple qui vous a appelés, dit Clara, c'est grâce à eux.

— Ne t'inquiète pas, ils ne vont pas partir sans te voir.

Dans la grande pièce en bas, l'homme qui était à la table quand les gendarmes sont entrés avait été menotté. Il y avait trois couverts sur la table, d'après la femme, le troisième était pour la gamine. Une porte donnait directement dans le garage, les deux gendarmes découvrirent un autre homme qui se cachait derrière un rideau. C'était le barbu et il y avait aussi l'Audi A5, mais qui avait retrouvé ses plaques d'origine et qui appartenait bien au papa de Clara. Il fut lui aussi menotté et les gendarmes appelèrent du renfort pour emmener tout ce beau monde de crapules.

Le gendarme qui avait toujours Clara à son cou la porta à ses sauveteurs en leur disant qu'elle voulait les remercier. Le couple la prit à son tour dans les bras, ils l'embrassèrent à tour de rôle en lui disant que c'était grâce à ce qu'elle avait inventé qu'ils avaient pu prévenir la gendarmerie. Elle leur dit que les deux premiers avions n'avaient pas pu traverser la cour, ils étaient d'ailleurs au pied du mur.

Aussi bien les gendarmes que ce couple n'en revenaient pas qu'une gamine de sept ans ait eu une idée aussi brillante. À ce moment, une voiture se garait devant celle des gendarmes, et Clémentine et Claude découvrirent Clara dans les bras du couple. Le gendarme s'avança vers eux et les rassura, elle remercie ses sauveteurs.

Ensuite, ils prirent leur fille dans leurs bras et l'embrassèrent :
— Est-ce qu'ils t'ont fait du mal ?
— Non, dit-elle, la dame était gentille, je n'ai vu personne d'autre mais ce matin j'avais peur car la dame m'avait dit qu'un monsieur allait me poser des questions et que si j'étais gentille, ils me raccompagneraient chez moi.

Le gendarme s'était approché d'eux avec la balle en chiffon et son avion en papier.
— Voilà, dit-il, ce qui a sauvé votre fille.
— Et où as-tu trouvé ça ? dit sa maman.
— Pour les avions, c'est grâce à toi, papa, c'est toi qui m'as appris à les faire.
— Oui, dit le gendarme, elle en avait confectionné deux autres mais avec le vent, ils ne traversaient pas la rue.
— Et la balle je l'ai faite avec la taie d'oreiller, j'avais vu mamie découper des torchons et des vieux draps, alors avec mon petit ciseau, j'ai fait comme elle m'avait fait voir mais je n'ai pas pris le drap, j'ai pris la taie d'oreiller, et tant pis si elle est foutue, ils n'avaient qu'à pas me voler à ma grande sœur.

À ce moment, deux fourgons de gendarmerie arrivaient pour embarquer les individus.
Le gendarme leur dit :
— Moi, il faut que j'amène votre fille à l'hôpital pour qu'elle soit examinée, je peux vous emmener avec nous si vous voulez.
— S'il vous plaît, dit Clémentine, ma sœur est médecin et elle vient d'arriver de Bordeaux, je préfère que ce soit elle qui l'examine, elle sera moins stressée, par contre suivez-nous à la maison.

Elle s'adressa au couple et lui dit :
— Je vous donne notre adresse, venez ce soir vers 18 heures, nous ferons un apéritif pour nous remettre de toutes ces émotions.

Le couple accepta et le gendarme leur demanda leurs coordonnées afin d'enregistrer le procès-verbal :

— Vous serez certainement appelés lorsqu'ils passeront au tribunal.

Le gendarme dit à Claude et à Clémentine :

— Je vous fais confiance, je n'ai pas besoin de vous accompagner, mais si votre sœur doute de quelque chose, qu'elle n'hésite pas à aller à l'hôpital car il faudra un certificat médical, s'il y a un problème.

— Merci, dit Claude, mais passez à la maison dans l'après-midi, je suis sûr que Clara voudra encore vous remercier.

— Je viendrai, c'est promis, je suis aussi papa d'une fillette de cinq ans et quand je suis entré dans la chambre, j'ai tendu les bras à votre fille qui m'a sauté au cou et m'a embrassé en me remerciant de lui avoir sauvé la vie et il fallait redescendre tout de suite pour remercier le couple avant qu'il parte.

— Dites-moi, pourrons-nous récupérer la balle en chiffon avec le galon et l'avion ?

— Oui bien sûr, mais avant je veux l'emmener à la gendarmerie pour en faire des photos et la montrer à mes collègues car c'est son intelligence qui l'a sauvée. Je vous la ramènerai cet après-midi.

— Mon sac, dit Clara, il est resté dans la chambre, je dois le récupérer.

— Je t'emmène, dit le gendarme et il la conduisit à la chambre.

Les scientifiques commençaient déjà à fouiller la maison.

Enfin, Claude, Clémentine et Clara, après avoir de nouveau remercié le couple, prirent la route du retour. Il n'y avait que cinq kilomètres à faire.

Lorsqu'ils arrivèrent à la maison, Isabelle, Pierre, Lucile, Amandine et Victor attendaient avec impatience. Clara alla embrasser tous les membres de la famille, elle consola Lucile qui n'arrêtait pas de pleurer :

— Ce n'est pas de ta faute, lui dit-elle.

Arrivée à sa mamie, elle lui dit :

— Merci mamie, c'est grâce à toi que j'ai pu faire une balle en chiffon, tu m'avais fait voir comment déchirer les draps pour en faire des torchons, alors j'ai fait pareil, je me suis servi de la taie d'oreiller, le plus difficile était de faire de petites bandes pour attacher et serrer la balle, enfin j'y suis arrivée.

— Maintenant, dit Clémentine, viens avec moi et tata dans ta chambre, il faut que tu sois examinée, c'est tata que va le faire. Il faut que tu nous expliques tout ce que la femme t'a dit et si elle t'a touchée.

Dix minutes plus tard, elles revenaient de la chambre.

— Tout va bien, dit Amandine.

— Cet après-midi, le gendarme nous rapportera cette fameuse balle, et j'ai invité le couple qui a reçu cette balle et a prévenu les gendarmes pour qu'ils se joignent à nous pour l'apéro.

Pierre avait appelé son ami le traiteur vers midi pour qu'il leur confectionne un repas froid pour dix personnes pour 13 heures. Ce n'était pas un problème pour ce dernier, surtout un samedi. Lorsque la livraison arriva, tout le monde avait faim car personne n'avait avalé une bouchée depuis l'enlèvement.

Clémentine avait appelé Marie dès qu'elle avait su qu'elle était dans les bras du gendarme pour la rassurer. Vers 15 heures, Marie vint prendre des nouvelles de sa « petite protégée », comme elle aimait à l'appeler.

Puis ce fut l'arrivée du commandant de gendarmerie de Périgueux avec sa femme.

Et à 16 heures, le gendarme venait aux nouvelles de la santé de Clara et apportait la balle équipée de l'avion.

Ils étaient tous bluffés par ce que Clara avait réalisé.

Le commandant félicita le sous-officier pour la rapidité de son intervention et vit une larme à l'œil de ce dernier.

— Quand nous avons notre tenue, nous sommes des flics mais à l'intérieur, il y a d'abord des hommes. Nous avions chacun notre rôle, dit-il, moi c'était d'attraper la petite. J'ai une fille de cinq ans, j'avais l'impression que c'était elle que je tenais dans mes bras. Mes deux collègues étaient chargés du rez-de-chaussée. Après avoir menotté l'individu, ils ont fouillé et ont trouvé le barbu dans le garage. Il venait d'enlever les fausses plaques d'immatriculation de la voiture. L'homme qui était à table était chauffeur routier, il est le mari de la femme. Il est bien connu des services, il a un casier judiciaire bien chargé, une dizaine d'années de prison et le barbu est l'amant de sa femme.

— Tu vois, Pierre, dit le commandant, c'est un vice chez lui d'avoir plusieurs femmes, ses semaines de formation continuent. Dès que j'ai appris la libération de la petite, j'ai fait lever la surveillance de sa maison, mais mon intuition était la bonne.

Ils avaient passé une très mauvaise nuit. Pierre et Isabelle étaient rentrés à minuit.

Victor avait couché avec Lucile qui n'avait pas dormi, comme son père et sa grande sœur.

Vers 17 heures, la sonnette retentit. Claude alla ouvrir, c'était son ami le boucher qui livrait une commande que Pierre avait passée plus tôt en lui disant que la petite était saine et sauve.

— D'habitude, c'est mon commis qui fait les livraisons mais là je voulais avoir des nouvelles de ta fille. Ma femme et moi avons été bouleversés quand nous avons appris la nouvelle par la dame qui a été témoin du drame, elle est venue chercher de la viande et en arrivant elle a craqué, elle ne savait plus ce qu'elle voulait et elle nous a annoncé l'enlèvement de ta fille.

Pierre sortit à ce moment car il se doutait que c'était le boucher, il lui avait dit : « Tu nous prépares de quoi faire un barbecue pour une douzaine de personnes. »

Il dit à Claude :

— Nous allons faire ça chez moi, mon ami de Périgueux et sa femme restent dormir, dis à Marie qu'elle vienne avec nous. On a tous besoin de se détendre après un drame pareil, heureusement tout se termine bien.

Pierre avait demandé au gendarme de revenir avec sa femme et sa fille de cinq ans mais il était de service.

Lorsque le couple arriva à 18 heures, Claude et Clémentine les invitèrent à les suivre chez Pierre pour l'apéritif et pour qu'ils restent dîner, ce qu'ils acceptèrent.

Marie était là car Clara l'avait suppliée de rester.

Pierre alluma le barbecue. À la fermeture de son magasin, le boucher et sa femme vinrent les rejoindre. Claude avait l'aide de son ami boucher pour les grillades.

L'apéro barbecue dura jusqu'à 22 heures. Cette soirée avait permis à tout le monde de se détendre.

Clara avait encore remercié ses sauveteurs qui eux-mêmes avaient remercié Claude et Clémentine de leur avoir fait passer une bonne soirée, car ils n'avaient pas beaucoup dormi après avoir entendu l'alerte enlèvement si près de chez eux et étaient loin de penser qu'ils allaient être les premiers témoins en retrouvant Clara et en prévenant la gendarmerie. Le lendemain, Pierre avait insisté pour que son ami reste à déjeuner avec eux mais il devait partir car il prenait son service à 14 heures.

Tout le monde avait passé une bonne nuit, à part Clémentine qui avait fait des cauchemars mais Claude l'a rassurée puisque tout s'était bien terminé. Le dimanche après-midi il était prévu que le gendarme vienne donner des renseignements à la famille éprouvée.

Les trois individus avaient été questionnés une partie de la nuit, donc ils se retrouvèrent chez Pierre où il leur donna les raisons du rapt. Le principal auteur était le père de Clara qui voulait demander une rançon équivalente à la somme qu'il avait donnée à Clémentine lors de son divorce. Il avait eu besoin du mari de sa maîtresse pour conduire sa voiture, mais celui-ci exigeait une partie de la rançon. Et la femme qui avait quand même participé à l'enlèvement avait trouvé l'enfant si mignonne qu'elle voulait qu'il la ramène tout près de chez elle.

Elle ne voulait pas aller en prison à cause de son amant et de son mari qui connaissait bien la tôle, et elle avait peur qu'il fasse du mal à la petite car il avait dit que si son père ne pouvait pas la faire parler, lui emploierait les grands moyens.

— Voilà ce que nous savons pour le moment, dit le gendarme, ils vont être mis en examen et incarcérés ce soir ou demain matin.

Clémentine n'en revenait pas que son ex, le père de ses enfants, ait pu faire une chose aussi horrible.

— Tu sais bien, lui avait dit Pierre, quelquefois, il ne faut pas se fier au calme d'une personne lors du procès.

Il avait accepté sans broncher de payer quatre-vingt mille euros, là il avait encore deux femmes à entretenir.

Le lundi matin, Claude alla avec Lucile accompagner les enfants à l'école. Marie les a accueillis avec la nouvelle maîtresse de Clara qui avait été mise au courant par sa collègue.

— La première heure de classe ce matin, Marie va prendre ma classe pour expliquer aux élèves qui doivent se poser des questions sur ce qui est arrivé à Clara et ce qu'elle a été capable de faire pour alerter des passants. Ce qu'elle a fait est tellement grandiose que les enfants doivent savoir comment s'en sortir sans commettre d'erreur. C'est incroyable qu'une enfant de son âge ait été capable de gérer la situation de sauvetage comme elle l'a fait.

— Voulez-vous, dit Lucile, que je vous apporte ce qu'elle a fabriqué pour alerter le couple de passants ?

— Je veux bien, dit Marie, je vous le rendrai ce soir quand vous viendrez les chercher.

Lucille fit l'aller-retour et donna la fameuse balle en chiffon à la maîtresse. Dans la cour, les enfants commençaient à entourer Clara pour lui poser des questions. Marie vint la chercher et dit aux enfants de rentrer dans leur classe et qu'elle allait donner les explications.

— Si je prends la place de votre maîtresse pour cette première heure de la matinée, c'est que je suis bien au courant de ce qui est arrivé à Clara donc je vais vous en parler, ensuite vous pourrez lui poser des questions, pour l'instant elle reste à côté de moi.

Lorsqu'elle eut fini de s'expliquer, elle montra ce qu'avait confectionné Clara avec la taie d'oreiller.

— Mais comment t'as fait ? demandaient plusieurs élèves.

Alors elle sortit son petit ciseau de son sac et leur dit :

— C'est cette paire de ciseaux qui m'a permis de découper le tissu.

Au bout d'une heure, les maîtresses rejoignirent leur classe respective et purent démarrer la journée dans de bonnes conditions. Le soir, avant que les enfants partent, la maîtresse leur dit :

— Mercredi matin nous avons une heure de travaux pratiques, que chacun apporte une vieille taie d'oreiller, Clara nous montrera comment elle a fait, vous pourrez trouver ce matériel chez vous ou chez votre grand-mère, est-ce que tout le monde est d'accord ?

Tous les enfants crièrent oui en même temps.

Le mercredi matin, tous les élèves sauf deux avaient apporté une taie d'oreiller mais Clara avait demandé à mamie de lui en donner plusieurs, elle en avait donc quatre à distribuer, elle a emporté une à chaque élève qui n'en avait pas et la maîtresse leur dit :

— Eh bien vous pouvez commencer.

Certains élèves dire :

— Mais on ne sait pas faire, nous !

— Alors vous croyez que Clara savait faire, elle qui était prisonnière et qui voulait être libérée ? Eh bien elle a réfléchi, faites-en autant et trouvez le moyen de faire cette balle.

Clara avait distribué à chacun une feuille blanche d'imprimante et leur avait expliqué qu'il fallait en faire un avion, après avoir écrit sur la feuille « au secours », il fallait que cette feuille soit attachée à la balle. Au bout d'une heure, la maîtresse appela Marie pour qu'elle vienne juger des résultats qui étaient catastrophiques. Seules trois filles avaient réussi à faire les balles et une seule avait pu attacher l'avion à la balle, pourtant toutes les vingt minutes la maîtresse montrait le modèle qu'avait réalisé Clara. Trois autres élèves avaient refusé de faire ce genre d'exercice car leurs parents leur avaient dit qu'il y avait des choses plus sérieuses à faire en travaux pratiques.

À midi, quand Clémentine alla chercher les enfants avec Lucile, la maîtresse est venue la remercier pour ce qu'avait été capable de réaliser Clara et surtout dans les conditions où elle l'avait fait. Elle lui donna le résultat de ce qui avait été réalisé par les élèves et elle lui dit :

— C'était une catastrophe. Marie m'avait parlé des qualités de votre fille mais là ça dépasse ce que nous pouvions penser. Je vous rends son trophée car je crois qu'elle y tient beaucoup et elle peut en être fière. Je suis heureuse d'avoir une élève comme elle dans ma classe, c'est un plaisir de la faire travailler.

Chapitre 24

C'était la dernière semaine de vacances pour Lucile, le vendredi après-midi elle allait avec son papa à Bordeaux chercher son amie Katia qui venait passer son année avec elle.

Le soir, Pierre avait invité « ses enfants », comme il les appelait maintenant, à prendre l'apéritif pour l'arrivée de Katia, il voulait surtout expliquer à son invitée qui ne les séparerait pas pour les ennuyer mais il souhaitait que Lucile travaille avec un confrère afin de pouvoir analyser la méthode la plus efficace et qu'il comptait bien les prendre toutes les deux ensemble pour les résumés de leur stage.

Les deux dernières semaines de septembre, elles les passèrent à Bordeaux à la fac, c'était pour préparer le programme qu'elles devaient travailler sur le terrain.

Début octobre, chacune prit le chemin du cabinet où elle allait travailler.

C'est Pierre qui les conduisait car le confrère où Lucile allait travailler était à la même adresse que la sienne à l'étage au-dessus. Pierre s'arrangeait pour les ramener toutes les deux. Quelquefois Lucile rentrait un peu plus tard par le bus car elle n'avait pas terminé son travail mais en principe il préférait l'attendre. Tous les soirs elles se retrouvaient dans la maison de Claude pour dormir après avoir pris leur repas chez Clémentine et Claude. Le samedi après-midi Amandine venait les rejoindre et il leur arrivait quelquefois de sortir le samedi soir en ville pour manger une pizza. Elles n'allaient jamais en boîte, elles préféraient aller marcher le dimanche matin.

Il y avait de belles promenades à faire : la vallée des eaux claires, celle de l'Anguienne, la coulée verte et bien sûr le tour de l'étang de Saint-Yrieix.

Les soucis de l'enlèvement de Clara commençaient à se résoudre. Clémentine ne faisait plus de cauchemars.

Les trois mois de stage passèrent très vite, les filles n'avaient pas le temps de s'ennuyer, travaillant sur des sujets différents, ce qui était très enrichissant pour les deux stagiaires et Pierre ne manquait pas de leur donner de bons conseils à toutes les deux.

La semaine entre Noël et le Nouvel An, elles devaient faire un compte rendu de stage, ce qui les occupait beaucoup.

Le père Noël était bien passé pour toute la famille, y compris pour Katia, et bien sûr Amandine, qui elle, avait beaucoup travaillé dans le cabinet médical et n'avait pas pu avoir de jours de repos.

Amandine rentrait quand même tous les week-ends, mais elle n'alla pas passer Noël avec ses parents, c'était la première fois. Elles appelèrent quand même leur maman avec Clémentine qui promit à sa mère qu'elle irait la voir avec les enfants le premier dimanche suivant.

— Si notre père ne veut pas nous voir, c'est toi qui viendras à la maison pour passer le dimanche avec nous.

Début janvier, les deux futures avocates reprirent la route de Bordeaux pour rentrer à la fac, Amandine les avait emmenées en début de semaine.

Les deux filles rentrèrent le vendredi après-midi en train. Amandine, elle, ne revenait que le samedi en fin de matinée. Elle appela sa maman pour savoir si elle pouvait aller chez elle le dimanche après-midi, la réponse fut positive.

— Ton père accepte de vous voir et surtout de connaître les enfants de Clémentine, il m'a promis de bien vous recevoir et espère que son mari viendra lui aussi. De toute façon, je l'ai mis au pied du mur en lui disant que s'il refusait, c'est moi qui irais seule vous voir.

Clémentine avait préparé les enfants à cette rencontre en leur expliquant que c'était ses parents à elle et à Amandine et donc pour eux, c'étaient une mamie et un papy. Clara comprenait très bien mais pour Victor, c'était un peu compliqué, il avait déjà papy et mamie près de chez lui et il s'en contentait.

Le dimanche après-midi, comme prévu Claude emmena sa femme, sa belle-sœur et ses deux enfants chez les grands-parents. Aucune question ne fut posée à Clémentine sur son passé, elle avait prévenu sa mère qu'il lui faudrait beaucoup de temps avant de lui raconter sa vie avant sa rencontre avec Claude. Amandine emmena les enfants dans sa chambre ou Clara put trouver des livres que sa tata lui donnait, elle en trouva aussi quelques-uns pour Victor mais surtout à colorier, puis elle les ramena dans le salon où ses parents, Claude et Clémentine, bavardaient de leur travail respectif.

Son père les avait accueillis assez froidement mais avait changé d'attitude au bout d'un bon moment, sa mère avait un peu pleuré quand ils étaient arrivés mais elle parlait beaucoup avec Clem, le courant passait bien entre la mère et la fille, elle lui dit qu'il faudrait qu'elle vienne passer quelques après-midi avec elle car tout ce qu'elle avait sur le cœur, elle voulait lui en parler, ensuite, libre à elle d'en parler à son mari.

Claude parlait avec son beau-père mais celui-ci n'était pas très bavard, il parla surtout de sa santé qui se dégradait mais que la mort pour lui serait la plus grande délivrance. Lorsque Claude lui demanda quels étaient ses problèmes de santé qui le faisait souffrir, il lui répondit que son cœur était épuisé et qu'il ne tiendrait pas longtemps.

Amandine, elle, s'était surtout occupée des enfants pour leur faire passer le temps, elle avait trouvé une boîte de crayons de couleur pour Victor qui ne la quittait pas. Vers 17 heures, ils prirent congé, la mamie avait donné un goûter aux enfants et avait offert des gâteaux aux adultes avec thé et café, Clémentine avait suivi sa mère à la cuisine pour lui dire les après-midi qu'elle avait de disponibles, elle lui promit de revenir. Les deux filles embrassèrent leur mère avec beaucoup de tendresse mais avec leur père, il y avait peu d'affection. Il était resté froid avec toujours ce regard méchant, il avait eu l'air d'apprécier Claude mais celui-ci ne lui lança pas d'invitation, c'était aux filles de le faire si elles souhaitaient qu'il vienne à la maison mais ni l'une ni l'autre ne le souhaitaient pour le moment, « on verra plus tard quand il aura un regard plus aimable », lui dirent-elles en voiture sur le chemin du retour.

Clémentine recevait sa maman un mercredi sur deux l'après-midi, elle pouvait lui parler de son passé, Claude gardait les enfants ou il allait le plus souvent passer l'après-midi avec mamie Isabelle qui se réjouissait de les garder, elle en profitait pour leur faire des crêpes ou des gaufres pour leur goûter.

Quand le mois d'avril arriva, Claude dit à Clémentine :

— Tu devrais quand même inviter tes parents à déjeuner un samedi, Amandine sera là, je pense que ton père a des problèmes de santé et il ne doit pas apprécier que seule ta mère vienne ici.

— Tu as raison, lui dit-elle, de toute façon j'ai pu tout raconter à maman et elle a beaucoup pleuré, aussi je vais les inviter pour samedi prochain.

Clémentine appelait toujours sa sœur en milieu de semaine, elle lui dit qu'elle venait d'inviter leurs parents pour le samedi à midi.

— J'espère que tu seras rentrée pour déjeuner avec nous.

Le samedi, Amandine était arrivée une heure avant ses parents, c'est sa mère qui était venue avec sa voiture car son père ne conduisait plus. Tout se passa bien, ils prirent l'apéritif, Claude avait ouvert une bouteille de champagne, ce qui tombait bien car son beau-père ne buvait plus de vin, il craignait pour son cœur. Les parents firent la connaissance de Lucile et furent surpris de l'entente qu'il y avait avec leurs deux filles. Après le repas Claude emmena son beau-père visiter son jardin qui fut très surpris de la surface que Claude cultivait.

Il faisait un temps magnifique pour un mois d'avril, les jours rallongeaient. Ils s'installèrent un moment sous le cerisier, il y avait des fauteuils de jardin et une table. Amandine et Lucile vinrent s'asseoir avec eux dix minutes avant de repartir dans leur maison. Claude lui expliqua que l'autre maison où les filles allaient était la sienne avant d'épouser Clémentine et que celle où ils habitaient actuellement appartenait à sa fille. Au bout d'une demi-heure, Claude vit que son beau-père regardait sa montre, il lui proposa d'aller s'asseoir au salon, son beau-père lui dit :

— Nous allons rentrer, je suis heureux de l'accueil que vous me faites, je ne pensais pas que ça arriverait un jour.

Lorsqu'ils rentrèrent dans la maison, sa femme vit qu'il avait envie de partir :

— Tu es fatigué, lui dit-elle, nous allons rentrer.

À 17 heures, ils partirent. Clémentine dit à son mari :

— Tu sais, je plains maman, elle n'a pas toujours eu une vie heureuse, j'ai senti qu'elle avait envie de m'en parler, je lui ai dit qu'elle pouvait revenir quand elle voulait, soit le mercredi après-midi, soit le samedi après-midi, j'ai aussi besoin de savoir qui est mon père et ce qu'il a fait endurer à ma mère.

Elles continuèrent de se voir tous les quinze jours, sa maman préférait venir le samedi car elle voyait aussi Amandine. Les grandes vacances arrivèrent, Katia repartait en Autriche, Pierre avait tenu à organiser une petite fête pour son départ. Puis ils partirent en Corse comme tous les ans, Amandine avait obtenu ses congés en même temps que sa sœur. Le 15 août, tout le monde était rentré de vacances et reprenait le travail à part Lucile qui se faisait un plaisir de s'occuper de sa petite sœur et de son petit frère qui l'adoraient. Clémentine recevait toujours sa maman, elle en savait beaucoup plus sur la vie de couple et Amandine était quelquefois surprise, mais pas étonnée des révélations de sa mère. Les mauvais coups se passaient toujours quand elle était à Bordeaux ou lorsqu'elle était au collège ou au lycée.

CHAPITRE 25

Fin octobre, un dimanche après-midi vers 16 heures, Clémentine reçut un coup de téléphone de sa maman. Elle lui dit :

— Je suppose que ta sœur est avec toi, je vous annonce le décès de votre père. Si vous voulez avancer à la maison avant qu'il parte à la chambre funéraire, venez maintenant, faites-le pour moi, j'ai besoin de vous avoir toutes les deux avec moi.

Claude accompagna sa femme et sa belle-sœur chez leurs parents, elles eurent le temps de voir leur père avant que les pompes funèbres n'emmènent le corps. Lorsqu'ils furent partis, leur maman leur dit :

— Nous avons encore de bonnes surprises qui nous attendent, les dernières paroles qu'il m'a dites, c'est qu'il n'avait jamais pu m'avouer certaines choses et que c'était le notaire qui s'en chargerait après son enterrement. Je me demande bien, dit-elle, ce qu'il m'a caché pendant trente-cinq ans.

Les deux sœurs la prirent dans leurs bras et Clémentine lui dit :

— Ne t'inquiète pas, maman, nous sommes là toutes les deux avec Amandine et nous ne te laisserons pas tomber. Ce soir, vient dormir à la maison, nous avons une chambre de libre.

— Non merci, dit-elle, je dois rester ici. Je vais avoir beaucoup de monde à prévenir et demain matin j'irai voir quand sera l'enterrement afin que je donne le maximum de renseignements à nos amis pour ne pas avoir à les rappeler plusieurs fois.

— Viens au moins déjeuner à midi avec nous, je rentre tous les jours cette semaine pour déjeuner avec Claude, tu connaîtras ses talents de cuistot.

— J'accepte, dit-elle, ce qui m'inquiète c'est de savoir ce que le notaire a à nous annoncer de si grave.

— Ne vous inquiétez pas, dit Claude, je connais un très bon avocat et ma maison n'est habitée que par votre fille et la mienne, donc vous avez cette maison à votre disposition, les deux filles ne sont là que le week-end mais elles sont inséparables.

— Je vous remercie, leur dit-elle au moment où ils repartaient, je viens déjeuner avec vous demain à midi.

Ils l'embrassèrent tous les trois et partir rejoindre Lucile qui gardait les enfants, Pierre et Isabelle étaient venus la trouver.

— Comment va votre maman ? dit Isabelle.

— Pour l'instant ça va, répondit Clémentine, mais le plus dur reste à venir car le notaire doit nous dévoiler des secrets que mon père n'a jamais osé avouer. Je lui ai demandé de venir dormir à la maison mais elle préfère rester seule chez elle. Demain matin elle doit être à 11 heures à la chambre funéraire, ils seront en mesure de lui dire la date et l'heure de l'enterrement, pas avant jeudi, lui ont-ils dit quand ils sont venus chercher le corps de notre père, ensuite elle viendra déjeuner à la maison, je rentre à midi tous les jours cette semaine. Amandine va partir demain à Bordeaux et elle rentrera mercredi soir.

— Je peux rentrer avec elle mercredi soir, comme ça, je serai là pour garder les enfants pendant l'enterrement, dit Lucile. C'est une bonne idée, dit son père, et demain matin, vous pourrez partir toutes les deux, ça évitera à Amandine de faire la route toute seule.

Le lundi à midi la maman de Clémentine arriva pour déjeuner elle leur dit que l'enterrement serait bien le jeudi à 14 heures à l'église, suivi de l'inhumation au cimetière et que les condoléances seraient sur registre. Elle avait passé sa matinée à préparer la liste des personnes à prévenir, et l'après-midi, elle prévoyait de les appeler.

Clémentine lui réitéra son invitation de dormir à la maison mais sa maman lui dit qu'elle risquait de recevoir des appels téléphoniques des personnes qu'elle ne pourrait pas joindre et à qui elle laisserait un message.

— Par contre, à partir de mercredi soir je veux bien car l'enterrement est jeudi et je pense que nous serons convoquées chez le notaire dès vendredi. Le plus tôt sera le mieux car je suis vraiment inquiète de savoir ce qu'il y a sur ce testament.

— Je vais demander à Pierre si c'est possible qu'il nous assiste pour la lecture du testament, lui dit Clémentine. Je suis contente que tu acceptes de passer tes soirées avec nous à partir de mercredi, en plus Amandine sera avec nous.

Les visites à la chambre funéraire étaient prévues le mardi après-midi et le mercredi après-midi pour ceux qui voulaient le voir une dernière fois, Clémentine y avait rejoint sa maman afin qu'elle ne soit pas seule. Peu de gens avaient fait le déplacement.

Le mercredi soir, la maman prit la chambre de Lucile qui ne l'occupait plus depuis qu'Amandine était arrivée dans la famille. Pierre et Isabelle étaient venus lui présenter leurs condoléances et il lui avait dit qu'il pouvait assister à la lecture du testament :

— Ce sera vendredi à 14 heures, lui dit-elle.

— Je connais bien ce notaire, dit Pierre, nous avons eu plusieurs fois l'occasion de travailler ensemble pour des séparations de biens suite à des divorces et cela s'est toujours bien passé.

Le jeudi à 14 heures précises, le cercueil était entré dans l'église où il y avait déjà beaucoup de monde ; une heure et demie plus tard, il en ressortait pour être conduit au cimetière dans l'intimité familiale. Pendant que les amis proches allaient rendre un dernier hommage au défunt, la veuve et ses filles s'étaient retirées dans un coin du cimetière avec Claude et Isabelle. Pierre était resté à l'écart, le notaire alla les saluer et présenter ses condoléances en leur rappelant leur entretien du lendemain.

Un homme d'une quarantaine d'années qui était avec lui était resté un peu à l'écart. Amandine le dévisageait car elle croyait reconnaître cet homme qu'elle avait déjà dû voir mais ne se rappeler ni où ni quand. Lorsque les hommes du service funéraire eurent mis le cercueil dans le caveau, le maître de cérémonie vint les chercher pour leur dire qu'ils pouvaient avancer.

Claude conduisait les trois femmes dans sa voiture pour rentrer à leur domicile, Amandine était montée à l'arrière avec sa mère, elle lui fit part de cette vision qu'elle avait eue au sujet de l'homme qui accompagnait le notaire. Sa sœur lui dit pour détendre le climat :

— Tu n'es quand même pas tombée amoureuse le jour de l'enterrement de notre père ?

— Non, pas du tout, lui dit-elle, mais je suis certaine de l'avoir vu quelque part. Peut-être pendant mes études de médecine, nous côtoyons beaucoup de monde.

Sa maman ne lui avait pas répondu, elle devinait déjà…

Isabelle et Pierre avaient organisé le repas du soir chez eux, tout le monde avait besoin de se détendre et surtout d'oublier un peu le rendez-vous du lendemain chez le notaire. La soirée se passa dans la bonne humeur, les sourires étaient revenus sur les visages des principales intéressées.

Le vendredi à 14 heures, Claude, qui avait emmené sa belle-mère sa femme, sa belle-sœur et Pierre se présentèrent chez le notaire. Celui-ci les fit entrer dans son bureau et leur dit :

— Une autre personne doit assister à la lecture du testament.

Il fit entrer l'homme qu'Amandine pensait avoir vu quelque part et elle regarda sa maman qui elle aussi avait vu la ressemblance avec son mari, vingt ans plus jeune.

— Olivier est le fils de votre mari, madame, qu'il a eu avec une étudiante en médecine et qui s'est présenté à lui il y a vingt ans. Depuis cette date, votre mari connaissait l'existence de ce fils qui lui ressemblait. Ils se voyaient régulièrement mais il ne l'a pas reconnu officiellement. Olivier porte le nom de sa maman mais votre mari a souhaité qu'il reçoive une petite part de l'héritage. Je suis heureux que votre avocat vous accompagne car il pourra vous conseiller.

Voici la lecture du testament du docteur…

Olivier recevait le petit appartement à Royan, tout le reste revenait à son épouse et à ses deux filles, soit le studio à Bordeaux, la résidence principale à La Couronne, ainsi que le cabinet médical qui était actuellement loué au docteur qui l'avait remplacé. Il y avait aussi des actions et des livrets d'épargne pour des montants très intéressants.

— Mesdames, leur dit-il, pour la donation à Olivier, vous êtes en droit de refuser du fait qu'il ne l'a pas reconnu officiellement, je vous laisse le temps d'y réfléchir, votre avocat peut vous conseiller, nous pourrions nous revoir dans une semaine lorsque vous aurez pris votre décision.

Olivier demanda à prendre la parole :

— Je n'ai pas l'intention ici de vous parler de ma naissance ni des conditions de séparation de ma maman d'avec votre père, peut-être accepteriez-vous un jour que nous nous rencontrions pour en parler ? Je tiens simplement à vous dire que je n'ai rien réclamé, je ne l'avais pas revu depuis un an, depuis qu'Amandine avait retrouvé Clémentine qui d'après ce qu'il m'a dit n'a pas eu la même chance que moi. Il m'a affirmé qu'il était le seul responsable de l'abandon et qu'il savait qu'elle ne lui pardonnerait pas. Aussi, vous êtes en droit de refuser cette donation. Je vous demande une faveur, je souhaite que nous puissions nous revoir, nous avons tant de choses à nous raconter.

Et il éclata en sanglots.

Ses deux sœurs se levèrent et l'enlacèrent ensemble, ils pleuraient tous les trois. Clémentine prit la parole la première :

— Nous acceptons le testament tel qu'il a été rédigé.

— Parle-nous de toi, dit Amandine, moi je suis médecin dans un cabinet médical à Bordeaux, je fais des remplacements. Clémentine est expert-comptable et mariée avec Claude qui est ici, elle a une petite fille de huit ans et un petit garçon de cinq ans. Pierre, l'avocat qui est présent, est le père de Clem, puisqu'il l'a affiliée.

— Moi, dit Olivier, je suis notaire à Agen, j'ai un cabinet en commun avec un confrère, je suis marié et j'ai aussi une fille de huit ans.

— Il faut que nous prenions un rendez-vous pour nous retrouver chez moi, dit Clémentine, le plus rapidement possible. Mon mari Claude a aussi une fille de vingt et un ans, pour moi c'est ma petite sœur et pour Amandine aussi.

Olivier recula d'un pas pour observer ses deux sœurs et leur dit :

— Quelle chance pour moi d'avoir deux sœurs aussi belles ! Si vous voulez bien, quand nous allons sortir, je voudrais vous prendre en photo toutes les deux.

— Et moi, dit Claude qui s'était levé et avancé vers le trio, je veux vous prendre en photo tous les trois.

À ce moment, la maman s'était levée et venait les rejoindre.

— Je n'ai pas de mots, je suis tellement surprise, mais Olivier, si tu veux un jour que je te parle de ton père, tu seras le bienvenu dans ma maison avec ta femme et ta fille, et même ta maman. Je perds un mari mais je récupère mes deux filles et mes petits-enfants.

Le notaire et l'avocat discutaient entre eux et Pierre dit :

— Je pense que nous pourrons signer les documents, je vois que vous êtes d'accord sur l'ensemble des propositions du testament.

Clémentine avait fixé le week-end suivant pour recevoir son frère avec sa femme et leur fille, ils venaient passer deux jours, il y avait de la place pour les loger.

En sortant du cabinet du notaire, Olivier prit la photo de ses deux sœurs et Claude prit la photo des trois réunis. Puis ils se dirent au revoir, il embrassa ses sœurs et tendit la main à leur maman.

— Tu peux m'embrasser moi aussi, tu n'es pas responsable des bêtises de ton père, il a fait assez de mal, maintenant il faut profiter de la vie.

Claude dit à son beau-frère :

— À samedi prochain et bonne route.

Chacun reprit son chemin.

Clémentine et sa maman allaient retrouver Isabelle pour lui raconter l'aventure qu'elles vivaient. Amandine était restée avec Lucile et les enfants.

Pierre et Claude commentaient cet après-midi mouvementé et prévoyaient la suite. Pierre entraîna tout le reste de la famille chez lui, il dit à Isabelle :

— Il y a longtemps que nous n'avons pas fait une soirée pizzas, je vais téléphoner pour passer la commande.

Il s'adressa à la maman de Clémentine et lui dit :

— Vous êtes de la famille donc maintenant, vous allez nous appeler par nos prénoms et si vous le permettez, nous vous appellerons Pierrette.

— Volontiers, dit-elle, il va falloir que je m'habitue au bonheur, car depuis très longtemps je l'avais oublié, et il suffit de voir mes filles aussi heureuses avec vous pour me donner l'envie de l'être aussi.

— Dis-moi maman, dit Amandine, hier en rentrant du cimetière j'ai dit que cet homme, je l'avais déjà vu quelque part mais je ne me rappelais plus où et toi tu n'as pas répondu, je suis certaine que tu avais déjà ta petite idée.

— Oui bien sûr, j'ai cru voir ton père à vingt-cinq ans, mais après je me suis dit *c'est peut-être un sosie*, ça existe. C'est en me couchant hier soir que j'y ai repensé et ce que n'avait jamais pu m'avouer ton père était peut-être l'énigme. Au point où j'en suis, la nouvelle n'est pas aussi grave que je le craignais.

Clémentine s'était approchée, et dit à Amandine :

— Excuse-moi, ma petite sœur, si hier je t'ai soupçonnée d'être tombée amoureuse de ce beau jeune homme, mais moi je n'ai pas connu mon père à son âge et toi tu avais vu cette figure quelque part. Il y a deux ans j'étais orpheline et un peu sauvage, j'ai eu la chance de communiquer avec mon voisin et nous sommes tout de suite tombés amoureux. Un an après je rencontre ma petite sœur que je ne remercierai jamais assez d'avoir fait les démarches pour me retrouver. Maintenant nous découvrons que nous avons un grand frère, pour moi qui ai vécu si longtemps orpheline, c'est formidable de former une grande famille, mais il faudrait que ça s'arrête, maintenant.

Vers 19 heures, le livreur apportait les pizzas que Pierre avait commandées, avec Isabelle il n'en revenait pas du comportement du père de Clémentine mais ils se gardèrent bien de faire des commentaires. C'est Pierrette qui leur dit :

— Après trente-cinq ans de mariage, je ne connaissais pas mon mari. La maman d'Olivier a été plus courageuse que moi car elle a préféré le quitter avant qu'il ne commette l'irréparable.

— Allez, passons à table, dit Isabelle, les pizzas vont refroidir.

Clémentine avait insisté pour que sa maman reste avec eux jusqu'à lundi, ce qu'elle accepta. Amandine et Lucile partaient à Bordeaux dès 8 heures, Pierrette quitta Clémentine à 9 heures, Claude la raccompagna chez elle car sa voiture était restée à son domicile et il voulait surtout s'assurer qu'elle pouvait rentrer chez elle dans une maison chauffée qu'elle avait quittée le mercredi après-midi.

— Serez-vous des nôtres pour le week-end prochain ? Olivier sera là avec sa femme et sa fille.

— Non merci, lui dit-elle. Pour la première visite avec ses sœurs, je pense qu'ils ont beaucoup de choses à se raconter, ma présence pourrait peut-être les mettre mal à l'aise, on verra la prochaine fois, il leur faudra plusieurs rencontres pour tout se dire, Clémentine m'a demandé de venir la trouver mercredi après-midi pour que je profite un peu des enfants. À mercredi, Claude, et merci encore de votre gentillesse.

Le samedi en fin de matinée, Olivier, Valérie son épouse, et Jade leur fille arrivèrent chez Clémentine. Lucille était rentrée le vendredi après-midi et Amandine arrivait dans l'après-midi de samedi. Elles avaient prévu de dormir toutes les deux chez Clémentine pour laisser la maison de Claude à son beau-frère. Après le repas de midi que Claude avait préparé pendant que sa femme et sa fille avaient géré l'intendance des lits pour leurs invités. Les enfants étaient chez papy et mamie. Afin que les parents puissent parler librement, Lucile avait emmené avec elle les trois enfants chez mamie, Clara était heureuse de faire connaître à sa cousine ses grands-parents.

Olivier commença son récit.

— Ma mère et mon père se sont connus à la fac de médecine. Il y avait un an qu'ils se fréquentaient quand elle est tombée enceinte. C'était en avril quand elle l'a annoncé à mon père, c'était un cadeau de la Saint-Valentin. Son premier réflexe a été de lui demander de faire une IVG. Elle a refusé car pour elle, j'ai été un enfant de l'amour et comme elle était très croyante, elle ne voulait pas commettre un crime. Ils ont commencé à se brouiller à cette période. Comme ma mère voyait qu'il insistait de plus en plus pour qu'elle perde le bébé, au mois de juin elle a arrêté la fac de Bordeaux pour rentrer à celle de Toulouse, qui l'a rapprochée de ses parents qui étaient au courant de sa situation et l'avaient rassurée : « Nous garderons le bébé quand tu seras à la fac. » De juin à novembre, elle écrivit quelques lettres à mon père pour essayer de lui faire changer d'avis. Elle ne reçut jamais de réponse. Elle lui envoya une dernière lettre pour lui annoncer ma naissance et lui dit : « Si tu veux voir ton fils, c'est ma mère qui l'élève. » J'ai donc été élevé par mes grands-parents, ma mère venait dès qu'elle était libre ou en vacances. J'ai fait ma scolarité primaire dans l'école près de chez mes grands-parents et quand je suis rentré en sixième à dix ans, ma mère m'a pris avec elle. Elle s'était associée avec un confrère qui comme elle était gynéco à Agen, je passais toutes mes vacances chez mon papy et ma mamie.

La femme de son associé était leur secrétaire et ils avaient une fille qui a mon âge, donc nous avons fait nos études ensemble. Nous nous entendions très bien, au collège puis au lycée, nous avons obtenu notre bac ensemble avec mention bien tous les deux. Nous nous aimions beaucoup, comme un frère et une sœur. Nous sommes allés à la fac ensemble mais elle, en médecine, pour faire comme son père gynécologue et moi en fac de droit, la médecine ne m'intéressait pas. Nous logions en collocation tous les deux à Toulouse et je la protégeais beaucoup. Si bien qu'au bout de la première année, nous n'étions plus frères et sœurs, mais très amoureux l'un de l'autre.

Nous avions mis nos parents au courant de notre relation, il était difficile de se cacher quand nous rentrions à Agen.

À vingt ans, ma mère me donna les coordonnées de mon père. Valérie, elle, venait de perdre sa maman d'un cancer foudroyant. J'ai donc recherché mon père, ce qui était assez facile. Elle savait son nom, qu'il était médecin généraliste et originaire de Charente !

Lorsque je l'ai eu au téléphone, il m'a d'abord dit qu'il n'avait pas de fils, qu'il ne connaissait pas de Nathalie, le prénom de ma maman, et qu'il refusait de me rencontrer. À force d'insister, il a accepté de me rencontrer à Bordeaux dans un petit restaurant. Quand je suis arrivé au restaurant et qu'il m'a vu, il ne pouvait nier que j'étais son fils. Il a malgré tout parlé de sosie, et qu'il n'avait jamais rencontré ma mère. Pendant le repas où je croyais avoir un ours en face de moi, je me suis aperçu qu'il avait trois ou quatre cheveux sur les épaules de sa veste, je lui ai proposé de faire un test ADN. Il refusa, je lui fis croire qu'il avait une guêpe sur l'épaule et avec ma serviette j'ai récupéré les cheveux et je lui ai montré, il est devenu furieux. Nous avions à peine fini le repas qu'il demanda l'addition et il partit sans même me dire au revoir. J'ai juste eu le temps de lui dire qu'à notre prochaine rencontre il aurait les résultats de l'ADN. Il me dit qu'il n'y aurait pas de nouvelle rencontre, je lui ai dit que je pouvais donner le résultat à son épouse si cela l'arrangeait.

Un mois après je l'ai appelé au téléphone et lui ai demandé s'il avait réfléchi : « J'ai les résultats qui sont bien sûr positifs. Alors je vous laisse le choix, soit on se revoit à Bordeaux au restaurant, soit je viens directement vous les apporter à votre cabinet médical, je ne vous dérangerai pas, je les remettrai à votre épouse. » Il accepta le rendez-vous au même petit restaurant et pendant dix-neuf ans, nous nous sommes revus au même endroit deux à trois fois par an.

J'ai insisté toujours pour faire la connaissance de ma sœur puisqu'il m'avait avoué qu'il avait une fille de douze ans ma cadette. Il y a un an, nous nous sommes disputés car il me proposait cinq mille euros si je renonçais à la chercher. Je lui ai dit que je ne plierais pas à son chantage, je ne lui réclamais rien, je voulais simplement connaître ma petite sœur et là il m'a dit : « C'est impossible car elle vient de faire une grosse bêtise et je ne peux pas lui pardonner, c'est irréparable ce qu'elle a fait. »

Avec Valérie nous nous sommes mariés pour mes vingt-cinq ans pendant que son père épousait ma mère. Il était veuf depuis cinq ans et pour eux aussi, le fait de travailler ensemble les avait rapprochés, ma mère ne s'était jamais mariée.

Sept ans après notre mariage, notre petite Jade est arrivée et nous sommes très heureux.

Voilà qui était notre père, moi je n'ai pas à me plaindre, j'avais ma maman et mes grands-parents qui sont décédés depuis. Mais toi,

Clémentine, tu n'as pas eu la même chance que moi et la bêtise irréparable qu'a commise Amandine c'est de t'avoir retrouvée. Moi je pensais la retrouver en prison. Mon père m'avait interdit de l'appeler, il m'avait simplement donné les coordonnées du notaire à qui il avait donné les directives. C'est le notaire qui m'a contacté pour me dire que mon père était décédé et que j'avais une autre sœur qui avait été retrouvée par Amandine. C'est pour vous connaître que je suis venu à l'enterrement, mais pas pour lui pardonner ce qu'il t'a fait vivre, ma chère Clémentine.

— Je te promets, lui dit Clémentine, que je te raconterai ma vie mais ce sera très long, alors une autre fois.

Lucille revenait avec les enfants, mamie Isabelle avait fait des crêpes pour leur goûter, les deux cousines s'entendaient très bien toutes les deux et Jade adorait déjà Victor. Elle qui réclamait un petit frère à ses parents, elle avait trouvé son petit-cousin très mignon.

— Ce soir, dit Claude, je vous fais un barbecue, nous le mangerons à l'intérieur, Pierre et Isabelle viennent dîner avec nous et demain nous déjeunons chez eux. C'est comme ça toutes les semaines, un dimanche ici et le dimanche suivant chez eux. Nous avons une véritable vie de famille, eux n'ont pas d'enfants, ils ont élevé ma fille depuis l'âge de dix ans et maintenant ils ont une fille et des petits-enfants depuis un an et demi maintenant.

— Quand je pense, dit Olivier, que mon père m'a dit que ma sœur avait commis une bêtise irréparable, je trouve moi au contraire que c'est très courageux ce qu'elle a fait. Par contre, lui en a commis, des choses irréparables. Lorsque vous m'aurez parlé de votre jeunesse toutes les deux, je pense qu'il faudra essayer d'oublier le passé, vous avez l'air d'être très heureuses maintenant puisque vous avez une nouvelle famille. Moi je n'ai pas à me plaindre même si je n'avais pas de père, j'ai été materné par mes grands-parents, et j'avais aussi ma mère qui m'a rendu heureux. Valérie ma femme est en train de prendre la succession de son père qui commence à prendre sa retraite, elle travaille avec ma mère et elles s'entendent très bien.

Pierre offrait le champagne pour arroser l'arrivée d'Olivier dans la famille :

— Je suis heureux pour vous tous, avait-il dit. Bienvenue dans notre famille, Clémentine nous a apporté tellement de bonheur avec ses deux enfants.

Comme d'habitude, le barbecue fut une réussite, vers 22 heures Pierre et Isabelle partir se coucher en leur disant :

— Demain midi, c'est chez nous que ça se passe.

Amandine et Lucile allèrent coucher les enfants, Jade avait voulu rester avec Clara qui lui prêtait un pyjama car le sien était rangé dans la maison de Claude avec les bagages de ses parents. Les deux gamines avaient demandé chacune à leur maman de rester ensemble. Elles avaient accepté à condition de ne pas empêcher Victor de dormir.

Les deux couples restèrent encore à discuter jusqu'à minuit. Claude et Clémentine les accompagnèrent jusqu'à la maison qui leur était réservée puis rentrèrent se coucher. En passant le portillon, ils s'enlacèrent car cela leur rappela de très bons souvenirs.

— Quelle bonne idée tu avais eue de faire ce portillon, je crois qu'il est le témoin de notre amour.

— Pour être franc, lui dit-il, j'avais ma petite idée derrière la tête. Ça faisait plus d'un an que je cherchais à te rencontrer.

Puis ils allèrent se coucher.

Le dimanche matin, le petit-déjeuner fut pris d'abord par les deux couples, ensuite les deux grandes arrivèrent avec les enfants, le rôle de nounou leur plaisait bien. Pierre avait demandé le numéro de téléphone de Pierrette à Clémentine car elle lui avait dit qu'elle ne voulait pas venir pour ne pas perturber les aveux entre frère et sœurs.

Pierrette avait fini par accepter l'invitation de Pierre qui avait su la convaincre qu'elle avait besoin de profiter de ses filles et de ses petits-enfants et qu'elle n'était pas responsable des bêtises de son mari. Lorsqu'elle arriva, ses deux filles allèrent l'accueillir. Olivier et Valérie sont venus aussi l'embrasser. Pierre et Isabelle l'ont remerciée d'avoir accepté de les rejoindre, ils lui ont dit qu'elle serait la bienvenue à chaque fois qu'elle aurait envie de voir ses filles et les enfants.

— Nous nous réunissons tous les dimanches, soit chez nous, soit chez Claude, et nous souhaitons que vous en profitiez, vous aussi.

— Je vous remercie beaucoup, dit-elle, je suis heureuse de voir mes filles et mes petits-enfants.

À la fin du repas, Pierre alla parler à Amandine à l'oreille. Lorsqu'il fut assis, elle se leva et dit :

— Le maître me demande de chanter, je vais commencer par une chansonnette que nous avons tous apprise plus jeunes, et elle commença : *Il fait bon chez vous Maître Pierre, il fait bon dans votre maison…*

Elle chanta toute la chanson et tout le monde avait apprécié. Puis elle enchaîna avec les chansons de son répertoire, celui de Mireille Mathieu. Olivier et sa femme furent étonnés de la perfection avec laquelle elle interprétait les chansons.

Ils prirent congé vers 16h30 car ils rentraient à Agen, Jade avait demandé à sa maman de rester une semaine avec sa cousine, mais les mamans leur promirent que bientôt elles pourraient passer des vacances ensemble. Là, rien n'avait été préparé mais elles auraient la possibilité de s'écrire, ce qui leur ferait un bon exercice et de toute façon, ils allaient se revoir bientôt, peut-être aux vacances de Noël.

Pierrette partit la dernière. Clémentine a insisté pour qu'elle vienne les retrouver tous les dimanches :

— Tu vois comment nous vivons tous ensemble, je veux que tu en profites toi aussi, je pense que tu as assez souffert du sort que t'a réservé la vie avec notre père, et continue à venir soit le mercredi ou le samedi après-midi pour profiter des enfants.

La vie s'écoulait ainsi, sereine pendant les années qui suivirent. Jade et Clara furent reçues au bac à l'âge de seize ans. Puis elles prirent le studio à Bordeaux qui appartenait à Pierre. Jade en fac de médecine et Clara en fac de droit.

Amandine était mariée et avait une petite fille d'un an déjà, son mari était médecin, ils avaient un cabinet médical à Barbezieux.

Lucille était mariée elle aussi avec un jeune avocat, ils n'avaient pas encore d'enfants, elle travaillait avec son parrain et son mari travaillait chez le confrère qui avait eu Lucile en stage quelques années plus tôt en attendant que Pierre prenne sa retraite, car il leur laissait son étude. Il souhaitait se contenter de leur donner des conseils quand ils en auraient besoin. Lucile et son mari habitaient la maison de Claude et Pierrette était venue habiter avec Clémentine et Claude. Cela lui permettait de s'occuper de Victor qui était déjà au collège.

Isabelle venait souvent passer les après-midi avec elle et Pierre en profitait pour prendre des cours de jardinage avec son ami Claude.

Et toutes les occasions étaient valables pour les réunions du dimanche.

Olivier et Valérie venaient régulièrement passer le week-end avec eux ainsi qu'Amandine et son mari avec le bébé.

Clémentine était la patronne du cabinet d'expert-comptable, elle avait acheté l'entreprise où elle travaillait depuis vingt ans maintenant.

Les retrouvailles entre le frère et ses deux sœurs étaient toujours des grands moments de joie. Ils essayaient de rattraper le temps perdu…

FIN

Imprimé en France
ISBN 979-10-203-4676-6
Dépôt légal : 1er trimestre 2022